LUCKY STAR

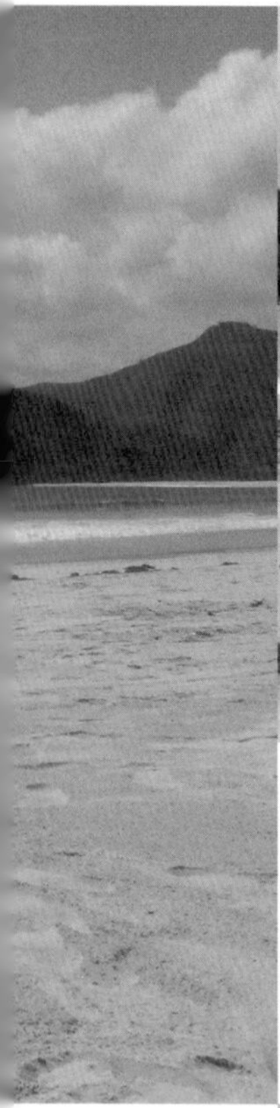

故事派

李啓源——著

輯三

推薦序

解嚴物的情感

耿一偉（國立臺北藝術大學戲劇系兼任助理教授）

剛認識啓源的時候，就聽說他年輕時得過很多文學獎。但一直沒有機會讀到這些作品，直到本書的出版，才有機會順著文字，追溯到一個他與我都頗為熟悉的時代——解嚴後的臺灣。

那是八〇年代中到九〇年代中，外國翻譯小說如村上春樹與米蘭．昆德拉開始流行，經濟起飛與各種思潮爆炸的年代。在這樣的美好年代裡，李啓源也獲得各項文學大獎。〈螺旋〉獲《中外文學》第一屆現代詩獎首獎（1984）、〈錄鬼簿〉得第十一屆《中國時報》文學獎新詩甄選評審獎（1988）、〈艋舺狂想曲〉得第十二屆《中國時報》文學獎新詩甄選評審推薦獎（1989）、〈我們明日的廣告辭大展〉獲第十三屆《中國時報》文學新詩首獎（1990）、〈解嚴年代的愛情〉得第十三屆聯合文學獎短篇小說第二名（1991）、〈牆眼〉得新聞局優良劇本獎（1991）、〈饗宴〉獲第五屆梁實秋文學獎散文首獎（1992）、〈築巢季節〉獲第六屆《中央日報》文學獎小說組第二名（1994）、〈少女殺人日記〉得新聞局優良劇本獎（2001）。

不論新詩、散文、小說或電影，李啓源幾乎甚麼獎都得過了，感覺總是輕而易舉。本書主要收錄的是小說，當然也包含了〈解嚴年代的愛情〉、〈饗宴〉與〈築巢季節〉這三篇得獎作品。讀者很容易會發現，這些小說與他得獎經歷很像，每一篇都觸及不同創作風格。李啓源彷彿是赫瑟小說《漂泊的靈魂》的主角克努爾普，在不同的文學類型裡遊蕩，一旦獲得寫作的喜悅，就立刻背起行囊，繼續往下個目的地走去。

如果文學代表的是一種認識世界的能力，在閱讀過程當中，我發現在李啓源的作品中，「物」總是扮演著重要角色，帶有一種詩意的功能——不是讓小說致力於快速前進的不斷揭密——而是產生一種慢速。這種慢速透過文字，集中在對環境的細心觀察，並起了情感渲染的效果，讓我們聽到了物的靈魂所發出的聲音，一種類似約翰·凱吉《4分33秒》的效果。

在〈山茶花〉中，關鍵是那個連結小杉與女孩的置物櫃；在〈豌豆〉裡是推動故事的冷凍豌豆；〈牆眼〉則是那面白牆；〈築巢季節〉換成是鴿子的巢……而且這些物總是占據小說最關鍵的結尾，彷彿是最後定格的鏡頭。

在〈解嚴年代的愛情〉我讀到了一個熟悉的年代，李啓源在此展現了他對人物強大的刻劃能力，精確描述了某種解嚴後反對運動菁英分子的心理狀態，那是混雜了對正義感的追求與欲望的渴望，所帶來的矛盾心態。他在〈走鋼索的夢遊者——女伶葩葩傳奇〉記錄了股票上萬點的八〇年代西門町，「對面的酒吧、色情的按摩院、Post-KTV、賭博電玩、老鼠香腸攤便把五光十色，紙醉金迷的霓虹燈投射到屋內的每一個角落。」

解嚴後的時代精神，是不論歷史、土地、民主、街頭、財富、學問、世界、欲望等各種大門全開，一種在酩酊中試圖站穩腳步，找到定位的興奮狀態。人們在衝撞體制的同時，也變得更敏感，那是《黑色追緝令》與《重慶森林》的混和體。

如今不論客觀環境與主觀能力，都不再提供這種釋放世界情感的能量，物變得冷淡而輕薄。但若品嘗一下《故事派》，那樣的感覺會回來，那種敏感的喜悅會透過文學再度存在。

自序

在我幼年時，每個星期有一天，必須從我就讀的西門國小，放學後一個人走到臺大醫院齒科部，進行牙齒矯正器的調整和清潔。這段路程，對於小學的我來說，並不算短，而我母親總會在我出發的前一晚臨睡前，給我一點零用錢，讓我在看完牙醫後，可以到衡陽路上的東方出版社，挑選一本「東方少年文庫」版的世界文學名著，當作獎勵。這些專門改編給兒童閱讀的文學名著，對於日後我的創作，到底產生多大影響？這個問題，很難回答。但我卻清楚記得，每當我離開臺大醫院，穿過新公園的旋轉門，來到公園路和衡陽路的交叉口時，總會為了到底要買三葉莊的三色冰淇淋，還是一本少年文庫，掙扎不已，因為我的零用錢只夠選擇一樣。如果選擇冰淇淋，我可以得到五分鐘的甜蜜人生，但是接下來的一個星期，我無法藉由那些發生在我生活地平線外的故事，來逃避平淡，逃避乏味，逃避規矩，逃避責任，逃避希望，逃避絕望，逃避很多東西。

我面臨了所有小說人物遲早都要面對的困境——抉擇。這次因為這本書的出版，讓我有機會重新翻閱這些年輕時代寫的故事，感覺故事裡每個人物所遭遇的困境，和幼年時那個站在三葉莊窗口，盯著三色冰淇淋的兒童，並沒有太大的不同，儘管當時那個兒童，還未在人情世故裡翻山越嶺過。日後，這個兒童成為了一個電影導演，進入一個虛無的行業，他所面對的現實並不是日常，他的現實是一個幻象，但是幻象裡的人物，依然無法擺脫相同的困境。

而困境的探勘，有可能透過種種敘事手段，輻射日常人物看不穿的暗流，像X光片般透析出執拗費解的人性嗎？從收集在《故事派》裡的作品，不難看出當時寫作的企圖。派，根據維基百科，可以是「因不同主張而形成的各種分支或門派」，我們都知道政治分派別，宗教分派別，畫畫分派別，音樂分派別，戲劇分派別，插花分派別，喝茶分派別，瑜珈分派別，連喝一碗豆花，都分加糖和加鹽兩大派。有種門禁森嚴，大家各自歸隊，老死不相往來的調調。但一旦把不同餡料烤成了派（pie），情況就倒過來了，大家特別有默契，不論味道，各取所需，可以多元成家，也可以多元不成家。《故事派》就是這麼一本文體各自歸隊，烘烤成派後，又容許各取所需的概念書。

書中的絕大多數作品，完成在美國加州大學洛杉磯分校（UCLA）心理系當研究生的時光，那幾年終日埋首在不見天日的實驗室裡，每星期有一天，通常是星期四，同一實驗室的其他研究生們，會把經過電擊程序處理過的白鼠標示好，交到我手上，由我負責解剖，取出大腦，送進離心機攪拌，最後依序注入試管，等待化驗。有次我的指導教授，拿起一根我剛分類好的試管，盯著大腦萃取液，意味深長地對我說：「所有人性的奧秘，都在裡面吧。」

是嗎？所有人性的奧秘都在這5CC的溶液裡嗎？從細胞的分子層次來說，也許有點道理。但生命如此漫長，你怎能不容許它迷魅又荒誕？生命如此短暫，你又怎能不接受它曖昧又晦澀，在迷離和清澈之間躊躇的同時，等待天啓？

這些故事最終能集結成書，要感謝馬可孛羅的總編寶秀，沒有她的提議和鍥而不捨，我不會回到那個臺灣社會變動最劇烈的年代，重溫街頭的煙硝味和人心對彼此體貼的渴望。還有熱血的責任編輯雯琪，如果不是在一個下午時光，分享了一個又一個出版圈的怪譚，《故事派》這個書名也不會被激盪出來。感激我的製片麗芬，常年來她一直是我草稿的第一個閱讀者，這意味著提供坦誠意見的同時，要忍受我無禮的態度。謝謝詩淇在國家圖書館的報刊檔案中，挖掘出幾篇連我都遺忘的小說來。

我慶幸當年那個兒童，絕大多數時刻，放棄甜蜜，選擇逃避。

輯一

馴獸師的幻象夢境

山茶花

香山車站旁，有一棵老相思樹，每當夏日的風吹過，便紛紛落下小黃花。小杉有時會掃，有時只蹲在月臺上靜靜看著樹。這個山城的小支線，聽說年後就要廢站了，小杉也將調職到臺中的站務組去。趁年紀還輕，到大都會闖闖也對，小杉有憧憬。小杉服完兵役，就在這個小車站工作，算算也將近三年了。

臺中車站也種相思樹嗎？蹲在月臺上看漫天飛舞小黃花的小杉，就在這麼發愣時，遠遠地又看見那個綁兩條馬尾、穿白制服黑短裙的高校女生出現了。女孩打發她的同學後，一個人走向寄物櫃。她走到7號格子前停下來，面對寄物櫃好一陣子後，女孩深深吸口氣，彷彿下定決心，開始去撥對號鎖——正如小杉連續幾天看見的一樣，打開櫃子後，女孩對著眼前空蕩蕩的格子，不發一語。期待著什麼再次落空了，她垂下頭，慢慢地把櫃子關上。

女孩正朝月臺的方向走來，小杉趕忙別開目光，仰頭去看他的相思樹。落日的光束，穿過樹葉，打在小杉的臉上，小杉眼睛白花花一片，不見東西。但在女孩經過他的身旁時，他卻聽見了一聲輕輕的嘆息。小杉睜開眼睛，女孩已經擠出了笑顏，迎向那群坐在候車室的同學們。

不久，汽笛聲響起，火車進站。一陣喧囂隨著火車離站，又歸於平靜。女孩也不見蹤影了。小杉從儲藏室拿出一口印有「三十三支線」字樣的大布袋來到了寄物櫃，打開貼有逾期通知的格子。這是在每天例行的工作中，較令人興奮的時刻。不要小看一個小小的格子，裡頭什麼都有可能出現，像泡泡糖、假牙、用過的保險套、白髮魔女的林青霞劇照、扁鑽、Playboy、瑪瑙戒指……有次小杉還撿過一條小蟒蛇呢。今天的16號格子裡，是一罐胡椒粉。胡椒粉為什麼會出現在火車站的寄物櫃呢？小杉想不通。每一個格子對小杉來說都像一個陌生的世界，那裡的每個世界似乎都發生過一個故事。有的故事長，有的故事短，絕大多數的故事還正在進行中。不過，不管發生過什麼樣的故事，結局都一樣——全部都被遺忘在小杉的大布袋裡。離開寄物櫃前，小杉忍不住多看7號格子一眼。那個綁馬尾女孩有什麼故事呢？

在相思樹下連吹兩天風，小杉著涼了。今天他起不來，躺在宿舍的木床上擤鼻涕。小杉的宿舍，就在火車站旁倉庫的二樓，原本是一間值夜室，給值夜班的員工休息用。但自從小鎮的伐木業沒落後，夜班車也停駛了。老站長說房間空著也空著，不如讓小杉整理一下住進去吧。房間的綠漆和白牆雖然斑駁，但櫥櫃和床的木頭卻是好的，hinoki，老站長說，真正的臺灣檜木，睡覺時還可聞到木頭的香味。

小杉現在什麼都聞不到，他的兩隻眼睛紅通通的，掙扎起身到窗戶邊，看馬尾女孩開寄物櫃……她今天還是沒有好運氣，就像他一樣。汽笛聲響，小杉回到床上，棉被蒙頭蓋上，又昏沉沉睡去。

風繼續刮著。老站長帶雞湯給小杉，見小杉還昏睡著，便沒叫醒他。老站長原本不是個多話的人，把雞湯擱在桌上，轉身下樓。他跨過鐵軌，來到月臺，見滿地的落花，拿來一支掃把，自己掃了起來。老站長沒注意他身後的寄物櫃，有個馬尾女孩愣愣地盯著格子看，不發一語。她今天駐留的時間特別長，一直等到火車要發動了，才匆匆奔過月臺，在同學們一陣的驚呼聲中，女孩適時抓住開始移動的車廂扶手，跳了上去。老站長見狀搖搖頭，待火車遠離，才又低頭去掃他的落花。

小杉好多了，一早就在站裡站外忙進忙出，收票剪票，還把倉庫裡的一排老吊燈全換了省電燈泡。等到他拿出那口「三十三支線」的大布袋來時，離最末一班火車進站，甚至還早了一個多小時。小杉開始收拾幾天前被他貼有逾期通知的格子——大頭拍兩張、泡有虎頭蜂的高粱一瓶、左腳溜冰鞋一隻——小杉在他的登記表格裡逐項寫下。就在他察看登記表的日期時，驀然驚覺馬尾女孩的7號格子，早在他病假的這幾天過期了。小杉遲疑了很久，也許他應該先貼逾期單通知她，繼而又想，反正是空格子，有什麼差別呢？最後在好奇心的驅使下，小杉打開了格子——裡頭並非他原先以為的空格子，而是擺著一封信。小杉拿起信，一番掙扎後，還是把信丟入大布袋去。這時公車載來三三兩兩放學的高校生，小杉將布袋放回倉庫，再出來時，一眼便瞥見了站在7號格子前的馬尾女孩。就在小杉打算向前告訴她寄物櫃過期，女孩已經打開格子……

小杉看到一朵像花一般綻放的笑容。小杉看呆了，他沒有辦法移動腳步，就算他可以，他也不願去驚擾這神奇的一刻。女孩雙手緊握，對著空無一物的格子，燦爛地笑著。就算她終於把格子鎖上，笑容也沒停過。就在她的眼光不經意接觸到小杉，她對他微笑，然後整個世界都隨著她搖擺。才這麼一瞬間，女孩又蹦蹦跳跳地離開寄物櫃，留下情緒久久不能平復的小杉。

夜裡，小杉躺在他的hinoki老床上，他依舊聞不到香味，他惦記著那個笑。為什麼那封信不見了，女孩會那麼開心？她在等待誰來拿那封信嗎？如果她知道信是逾期被我收走，又會如何呢？小杉披起他的制服，走到窗邊。鐵道的另一頭就是寄物櫃，一盞倒懸的鐵盤燈，微弱放著光芒。整個黑暗大地，唯一光亮的所在。他應該去參與她的故事嗎？還是如同以往般，靜靜等待故事過期後，再去收拾善後？小杉離開他的宿舍，下樓打開倉庫，從裝著大頭拍、虎頭蜂高粱和溜冰鞋的布袋裡取出那封信。信沒有封口，小杉慢慢攤開……

「Dear，我知道我既不能打電話給你，也不能寫信給你。如果我們註定一輩子只能用這個寄物櫃來聯絡，我也一樣很快樂。我不相信你上次講的，真的是你心中想的。我知道和我交往，給你的壓力很大。無論如何我還是如同往常般愛你，不管你作什麼決定。

再過一個星期就是我的生日，你會像去年一樣送我一朵白色的山茶花嗎？Dear，讓我知道你還愛著我，就算從此我們都不再見面。

Your love。」

小杉把信闔上，又放回布袋裡去。現在他明白為什麼女孩看到空寄物櫃，會那麼開心。她以為她的Dear把信拿走了。小杉取下掛在牆上的登記表，他推算日期，女孩的生日不就是明天嗎？——然後呢？他問自己，然後呢？他抬頭看天花板，發覺倉庫裡新換的燈，亮得極不自然。

隔天剛好輪到盤點，車站把一批替換下來的枕木，賣給木料行。小杉忙著抬木頭，滿身汗。都是hinoki啊，老站長不捨地說，都是hinoki啊。小杉才不管是不是hinoki，他心中只掛記一件事，所以當囉唆的木料行老板終於載著枕木離開後，他也顧不得換下髒衣服，三步併作兩步，衝出車站。日已西斜，只見小杉氣喘吁吁跑著——

小杉比公車早一步進站，他跑進寄物櫃，打開對號鎖，以迅雷不及掩耳的速度將一朵花扔進去，然後砰地關上櫃子。終於鬆了一口氣，小杉正暗自慶幸，猛然一回頭，沒想到馬尾女孩就站在他的身後……她什麼都看到了。女孩沒有說話，小杉也沒有說話。兩個人就這樣面對面不說話。然後女孩的眼眶慢慢泛紅，一滴淚流下來。小杉知道他應該要說些什麼，因為這一切都是他引起的，但他就是不知道該說什麼。女孩慢慢走近7號格子，背對著小杉，她打開寄物櫃，一朵盛開的白色山茶正躺在那裡。

寄物櫃外刮著強風，小黃花亂紛紛飄著，火車的汽笛聲也響了。女孩突然拿起花，別在左耳上，轉身對小杉露出一個微笑。然後女孩掉頭，戴著花，奔上火車。小杉始終站在原地，直到火車終於不見蹤影，他彷彿還看得見那個微笑。

豌豆

香山車站的老站長回到家時，女兒寧靜已經在廚房忙碌著。爸，寧靜在廚房內大喊，你到阿桑那裡幫我買把豌豆，東尼喜歡吃豌豆。

豌豆？為什麼是豌豆？他們家一向很少吃豌豆。事實上，自從寧靜的媽媽十幾年前過世後，他們就沒吃過豌豆了。不過寧靜的媽媽倒是喜歡吃豌豆的。

你怎麼還站在這裡？寧靜從廚房走出來，濕淋淋的雙手在圍裙上不停擦拭著。東尼馬上就到了，你幫幫忙好不好？寧靜說。老站長看了女兒一眼，勉強擠出笑容。他走到門口，拿起衣架上的站長帽，正準備戴上，寧靜靠上來，奪下他的帽子。爸，下班了好不好，不要再戴這頂破帽子了。寧靜說，襯衫我幫你燙好了，趕快回來換上，東尼馬上就到了。

直到騎在單車上，老站長還是不懂為什麼寧靜一定要煮豌豆。老站長知道有人喜歡吃鴿子，有人喜歡吃水蛙，因為這些人寧靜都交往過，而寧靜的前夫，那個守海防的，則喜歡吃薑母鴨。但是豌豆？……什麼樣的男人會喜歡吃豌豆呢？老站長從不認識喜歡吃豌豆的男人，他覺得他寧可相信一個喜歡吃蛇肉的男人。

寧靜取出青椒、紅椒和黃椒，細細地切絲。東尼第一次到家裡來作客，她想為他做點特別的東西。她翻閱《西洋菜一〇〇種》，牛肉派、燉牡蠣、番茄香腸碎肉都不管用，因為東尼吃素。想到吃素，她又把食譜翻回有青椒、紅椒、黃椒那頁，裡面寫用牛油煎，牛油可以用嗎？這難倒了寧靜。她不知道東尼是不是吃全素。那麼蛋黃？魚露？乳酪？鮭魚卵？最後寧靜嘆一口氣說，做塔塔醬沾薯餅吧。

菜攤的阿桑，對老站長搖搖頭說，沒有豌豆賣了，去黃昏市場試試看吧。老站長又騎上車，趕往鐵橋另一岸的黃昏市場。這趟路途並不近，單車上的他，開始冒汗了。他知道以寧靜的年紀，要交往合適的對象，不是件容易的事。但是煮豌豆有幫助嗎？才想著，單車的鏈條突然鬆脫了，老站長整個人撲倒在地。他慢慢站起來，拍拍制服的塵土，還好除了手肘和膝蓋擦傷外，並無大礙。但修單車卻是件傷腦筋的事，老站長蹲下身來安裝他的鏈條。

寧靜的酸黃瓜不切了，因為她發現自己前額有根白髮。她跑進浴室照鏡子，該死，白頭髮不只一根。她早該染的，如果不是為了燙她爸爸的襯衫。寧靜跑到客廳看掛鐘，快六點了。但也許還來得及，如果老爸回來幫她把蘑菇灑上麵包屑，放進烤箱就好。不過他不應該早到家了嗎？不過才兩條街外……。可寧靜沒時間多想，她跑回浴室，從櫃子取出露華濃髮膏，把染髮劑擠在梳子上，對著鏡子，迅速地從髮鬢兩側開始梳染。

單車終於修好了，老站長滿手黑黑的油污。等到他趕到市場時，菜販們準備收攤了。豌豆？今天沒進。玉米要不要？三支算你十塊就好。不然包心菜啦？有夠漂亮，打算晚飯自己煮的。老站長搖搖頭。

一定要豌豆才可以？菜販不解地看著泥人似的老站長，那你只能去大賣場買冷凍的。

寧靜包著浴帽，打開半遮的大門張望。才買一把豌豆，他去了一個多小時，就算是步行去，不也早該到家，連豌豆都剝好了？不應該會出什麼意外的，這附近誰不認得他，要發生事，早有人來通報了。寧靜把大門砰的關上，她爸壓根不想見東尼。寧靜邊剝著紅色萵苣，邊恨恨想著。他討厭任何一個她帶回家的人，雖然他沒說什麼，但從他看他們啃鴿子或嚼蛙腿的眼神，她就瞭了。但東尼……他和媽媽一樣喜歡吃豌豆啊。她故意叫他去買豌豆的，她希望老爸因此對東尼有好感。紅色萵苣在砧板上四處紛飛。不會！他不會對任何人有好感的！他根本不希望她再嫁出去，他希望她留在這個家，一輩子照顧他。這個自私的老頭！門口好像有什麼動靜，寧靜三步併作兩步，衝到門口，打開門喊爸——天啊！是東尼！寧靜倒抽一口氣。東尼抱著一束鮮花，靦腆地說，抱歉，來早了，本來想在門口晃晃。進來吧，沒關係，寧靜說。然後她發覺自己還帶著浴帽……砰一聲，寧靜把東尼關在門外。

天色已經暗了，老站長拎著一包冷凍豌豆，慢慢騎著單車回家。他心裡急，但只能慢慢騎，因為他不想單車再脫鏈了。經過大鐵橋時，家家戶戶的燈都亮了。儘管他汗流浹背，但雙腿還只能是慢慢地蹬。回家後，有時間沖個澡嗎？不然打死他都不願換上那件硬梆梆的白襯衫。對啊，為什麼寧靜每次約會，他就必須穿那件白襯衫？為什麼他活到這把年紀，還要被規定穿這穿那？為什麼他必須陪東尼吃豌豆呢？唉！老站長嘆口氣，寧靜為什麼不趕快嫁出去？

寧靜對坐立不安的東尼說，我爸知道你喜歡吃豌豆，特別跑出去替你買。寧靜摸摸頭髮，當然她的浴帽已經摘下來了。豌豆？東尼疑惑地說，我喜歡吃豌豆？那天在插花教室，寧靜說，你不是說蔬菜的顏色和香味，是一般花朵比不上的，還特別發給大家一把豌豆？

是豌豆花，東尼說。

寧靜看了東尼一眼，好吧，豌豆花，寧靜說，怎麼？你現在不喜歡吃豌豆了？我沒有說不喜歡吃豌豆，東尼急著辯解，那天妳說妳媽媽喜歡吃豌豆，我說怎麼那麼巧，我剛好買了豌豆花給大家——所以，寧靜打斷他，你到底喜不喜歡吃豌豆？

我……，東尼的話沒說完，老站長推門進來了。爸？寧靜站起來。東尼站起來。老站長什麼話也沒說，把一包冷凍豌豆遞給寧靜。寧靜看著她爸爸，看他摔得滿身傷，看著他額頭的汗，許久，寧靜哽咽地說，對不起，東尼不喜歡吃豌豆。老站長看著東尼。東尼低下頭去，東尼終於承認，他說，我不喜歡吃豌豆，對不起！老站長的目光回到女兒寧靜的身上。他很久沒有這樣看過他的女兒，她的側臉真的長得很像她的媽媽。我喜歡吃，老站長說。寧靜和東尼不約而同抬頭看老站長。

我喜歡吃豌豆，老站長又說了一次。

牆眼

我常常在想，要是沒有牆壁上那一條裂縫，或許外祖母這個人，將永遠不會留駐在我的記憶裡。

在我出生底舊時洋樓的客廳裡，有一面極高大的白漆牆壁。嚴涼的，牆的面容，隨時都像在提醒著家族的傷痛。為此緣故，——我猜測著，——才要裝飾那床熱帶叢林圖樣的大壁毯吧！總之，我還記得很清楚，藍色森林裡有隻猛虎，幾隻牡鹿，還掛著一尾蟒蛇在樹藤上，但這些斑爛是否就給牆面帶來了生氣呢？現在回想起來，對這面牆始終留下蒼白寒冷的印象，正是，因為這種強烈的對比，也說不定。

我很早就注意到，這牆面上有一條小裂縫，剛好就接在壁毯畫裡的河尾部分，使小河從畫裡，憑空又蜿蜒了幾多吋，到牆壁上來，彷佛這道小裂痕，便是從壁毯裡那條茄藍的小河，流出來似的。裂縫的高度，約與我的額頭相齊，稍踮腳尖，我便可以就著罅隙，望穿這堵牆，看見住在隔壁，纏綿病榻已久的，外祖母的家。

事實上，我能夠看到的只是廳堂的一隅，——窗玻璃特別清亮，透過天光，擺置在供桌上的，一瓷瓶抽長的鮮花，開得纖白異常，高高的，遮住了整個神案。到了晚間，神龕上的苞形琉璃罩，靜靜地，吐露著幽微的紅光時，花，便長出了獠影，劍似的森布在寒牆上。

每次我這麼窺視時，總感覺到有人在和我說話，用一種尖銳的，無聲的語言；而我總期期艾艾地，唸起父親教我背的，詩篇的詩文，低聲自語：「耶和華是……牧者……帶我……行過死蔭的山谷，……

我不驚惶……」。後來，在一次家庭禮拜的聚會中，剛好唸誦到同一篇經文，我擠身在一群大人們之間，一邊唸著，一邊不時瞄向遠遠的那條小縫；當時心裡一點都不害怕，不知不覺地就愈唸愈大聲，——比誰都大聲。待忘情地高聲朗唸過後，整個人暖烘烘地，有一種擊敗敵人的亢奮和快樂。斯時在座的一位婦人笑盈盈地操日語同母親說：「看這子供多麼聰明喲，背誦得如此流利。」

在我記憶裡，那間晃悠悠，一塵不染的屋子，是絕少有訪客的。這和三條大街外，外祖父住的那幢大洋樓的排場相較，不啻有天壤之別。我童年的前半段時光，幾乎是獨自耽在家裡頭過完的。父母親皆忙於工作，我也沒有任何玩伴。唯一值得興奮的，就是到外祖父家玩。

那裡的每頓飯，——我記得，都像辦流水席似的，隨時都有來客坐上去，退下來；熱騰騰的豬肉、雞、魚，川流不息地從灶腳，大盤大盤地端上來。笑瞇著眼，我亦喚她作阿嬤的，較年輕的外祖母，正忙裡忙外地張羅著，她正叫下女Lan-ˊna把百葉窗拉上去，華燈初上，大廳天花板的幾具風扇，登時轆轆軋響開，納涼的人們，或三五成群聊天嗑瓜子，或加入一落落碰牌聲不絕於耳的麻雀局，母親和嬸婆等幾位女眷，邊搖蒲扇邊竊聲笑著，等我迎上去，但聽嬸婆說母親尚未嫁給我父親前，拜佛拜得很虔誠，還發願將來要在睡房內供一尊觀音，沒想到一結婚後，便隨我父親這邊，改信基督教了。母親微笑，頷首不語，只撫著我的頭。我轉過身，從二樓大陽臺的鏤花石柱間，瞥向遊人如織，夜夜笙歌不輟的街市；亭集的小吃攤，此起彼落的吆喝聲，飲冰棚屋一排排，亮霍霍的燈籠，在熙來攘往的人潮中風搖著，慢慢地——變淡了。我睏靠在父親的肩頭，聽他同母親低聲交談，今天診所的患者如何如何；忽然，有一位戴盲墨鏡的按摩人，——篤，篤，篤，拐杖敲著地心欺近，恍惚之際，突又，閃逝在彎曲仄窄的巷閭。

父親、母親和我，便在黑暗之中，回到我們有座大白牆的家。

不知道什麼緣故，平常時，母親常叮囑我不要到隔壁打擾外祖母，彷彿到外祖母那兒戲耍，是我最最喜歡的活計似的。其實，根本不然，——就算在她身體尚健鑠有精神的時候，我亦不情願到她那兒請安，更別提玩耍了。我不喜歡她隨手從小盒籠裡，抓一兩顆蔭濕潮黏的糖果，塞入我手心後，就急急撇過頭去的神情。——她討厭小孩子，我想。——當她瞪視我時，儘管是通天徹明的大白晝，我依然覺得背脊骨一陣陣發涼。

還好，她不會困擾我太久了，每當我從牆縫窺視，我察覺到，空氣中有一種我嗅不到的，秘密的，變化。像那一朵朵大白花，靡麗到極點，彷彿繫載不住已然蕭黃的瘦莖，一眨眼，吹彈四散。希望她不會再困擾我……，還有那尖銳、無聲的靜默。

這一天果然到來。一大早，母親即從隔壁急匆匆回來，叫喚父親過去。我跟在後頭，卻被驅趕回來。天井旁，迴廊的底端便是外祖母居住的地方。我倚在開向天井的門扇邊，看著氣急敗壞的人們，像無頭蒼蠅一模樣，在她房裡忙進忙出的；他們設法使自己顯得忙碌，否則便要對不起誰似的。但看他們擎著白鐵盆子，擦身而過的那種心猿意馬，彷彿這倒是件發生遙遠而不關痛癢的事。

這次，恐怕是真的了。我暗地帶著惡意的興奮：往後我儘可以大聲喧鬧，而不怕被大人斥責吵到隔壁的病婦；我們儘可以愉悅地唱著讚美聖歌，再用不著擔心隔牆一位長年吃齋老人的惡毒抱怨。我快樂嗎？——當耳語的人們，不經意的目光瞥向我，我慌忙窘迫地低下頭。

等我回過神來，突然，一切嘈雜的聲音俱消失，迴廊空無一人。我跑進客廳裡，畫毯裡的老虎瞢然瞟著我。我慌張地將眼睛貼近壁縫。大廳裡的人很多，——我從來沒見過的那麼多，從眼前浮晃過。沉寂了我整個童年的那個牆後的世界，第一次傳來了人聲，那是種，我還記得很清楚，言不由衷，空洞，感情游移的哭聲，天光很白，很涼，神桌上，只剩空空一瓷瓶。

突然之間，我感到很難受，胸口脹得快要透不過氣來。

我衝出門廊，迎向母親，不由分說地便抱住她，抱得那樣的緊，以致於她都覺得驚訝了。我再也忍不住，終於號啕大哭起來。……經過了這麼多年，母親每次回憶起這段往事，總還不忘記問我，記不記得小時候，在大觀戲院旁的舊厝，隔壁阿嬤臨終那日，我哭得比任何人都要傷心的情景。我想了一想，搖搖頭，說不記得了。因為，我不知道該如何與母親分享這段孩提的經驗。我問母親，為什麼阿嬤過世後，隔壁那間房子就空著，外祖父始終沒有再把它租出去。母親想了想，說，外祖父有時會回來走走。

後來的日子又是單調與漫長的，而且並不如我早先所預料的，——隨著外祖母的離開人世，周圍的人可以鬆口氣，從此過著無拘無束的生活。我覺得，家人仍如同以往那般，過著一種隨時隨地自我警惕的日子。我們從不高聲談笑，彷彿那位鬱鬱寡歡的老婦還活在我們白牆的後邊，用她陰鷙的雙眼，監視著我們的一舉一動。斯時，我已經學會了保佑平安的各種經文，但每當黑夜來臨，我依舊覺得毛骨悚然。

我湊近牆縫，溫習一切我所知道的細節：每樣東西都離開它們腐敗了多少光年的位置。光禿禿的牆壁只留下懸掛過神像的痕跡。除了擺在一個角落裡的供桌，用白布單蓋著外，大型的家具都搬走了。空間似乎更擴大了，只見月光在裡頭古怪地折射著。我幾乎沒有這麼清晰地聽過自己心跳的聲音。我恐怕在期待著牆後會發生什麼，哪怕是一絲最細微的變化，一聲嘆息或一個陰影，都遠比空蕩屋子的死寂，更能治癒我這種盲目的恐懼。

為了打發童年寂寞的時光，我沉溺在不讓外人知曉的遊戲中，我有一把玩具手槍，一頂塑膠的野戰鋼盔，每天獨自一個人，筋疲力竭地和不存在的敵人進行殊死戰；床上堆疊的被褥是我的戰壕，桃木地板是沼澤地，和式紙門有時是我的掩體，有時是對方殘酷的鐵絲網。

我英勇地指揮自己看不見的，死傷累累的部屬，衝鋒陷陣，把子彈射入比空氣輕的，敵人的胸膛裡。也許我踐踏了敵陣，也許我死在半途上，但結果終究沒有什麼不同，——我抱著槍，一個人靜靜地躺在狼籍的大床上，聽牆上一座黑色掛鐘的嘀嗒聲，一隻斑蛾在寢室裡迷失方向的撲飛聲，一戶人家未關緊的水不急不徐地滴到甕裡的回聲。我終於明白，人是可以根本不死的。藉著頑固的意志——不論是出於對塵世的衷心眷戀，或者是徹底仇視——他可以輕易地像長夜一樣，永遠地緜延下去。

痛苦的好奇心再一次驅迫我，把早先填塞在那個邪惡窟窿的紙團摳出。……

年前，在一次返臺的假期中，我曾陪同母親回去探視外祖父，在那座陰暗、空曠的屋子裡，看見老人家穿著一雙木屐，在磨石地上拖拽著長長的尾音。他一面用滿是茶漬的杯子為我倒茶，一面問我什麼時候要去當兵。母親笑著提醒他，我早在四、五年前就退伍了，時間過得真快啊，他說，緩緩把眼睛朝向那隻正悄悄穿踱昔日輝煌大廳的貓。

那是女傭Lan-ʻna的貓，她永遠養著一頭貓，沒有人搞得清楚，瞎著一隻眼珠子的她，一輩子在外祖父府邸度過的歲月裡，是不是一直養著同一隻貓，因為牠們在長達半個世紀的時光裡，始終只有一個相同的名字——虎皮。

這一天的其他時光，我都恍如活在幻象中。那位早逝的，童年牆後的外祖母的遺照，笑容可掬地看著我們一桌人吃飯。黑框相片中的她，有種說不出的清明和白淨，而其餘兩位曾受生命之神眷顧的老人，卻在暮年時刻，在飯桌上，承受著造化所帶來的種種磨難和困窘。眼前這位和外祖父相依為命幾達一甲子之久的外祖母，已經不大講話了，老年癡呆症使得她的生命歷程，很明顯地和別人有了完全不同的方向。她正朝著自己的過去——那些已然逝去時光的某些吉光片羽——前進。這位在外祖父充滿社交活力的年代中，曾經大顯身手的婦人，現在卻像頑童一般，趁外祖父和母親不注意之際，將手伸進盤子裡，把一切能拿得到手的食物，塞進嘴裡。我第一次發覺，牆上遺照裡那位外祖母的眼光，從來沒有任何一個時刻，像現在這般的仁慈和溫柔。

白牆上那條裂縫，對我始終是個無可抗拒的誘惑，直到七歲那年，我們搬離舊宅為止。

築巢季節

他不只一次覺得，她之所以喜歡在她臥房的小單人床上燕好，多少是帶著惡意的。

應該要怎樣具體描述才好呢？大概就像是斑鳩故意要在鴿子的巢裡築自己的巢吧！他想。不過他並不打算把這想法告訴她，因為他無法預知後果——也許她只會意味深長地笑一笑，浮現一種看起來像是冬天晚上，檸檬月亮似的神情；也許她會一邊很嚴肅地說著一些類似「互信的基礎」啦、「期望的落差」啦等等、等等恐龍所使用的語言，一邊用修剪得長短合度、剛塗上漂亮紅色指甲油的纖細手指，叮叮咚咚敲著咖啡杯口的邊緣。

總而言之，一個三十四歲女人的心思，對才剛滿二十二歲的他而言，簡直像一張臺北地下的瓦斯管線路或電纜圖之類的東西。

「我的婚姻，現在想想，其實也沒有大不了的問題。」做完愛後的女人，像在談論元素週期表似的，以客觀的口吻這樣向他敘述著，「只是，怎麼說好呢？瑣瑣碎碎的，就是瑣瑣碎碎的，你懂我的意思嗎？」

「大概像翻舊電話簿的心情吧。」想了一下子，他這樣說。

「更糟的是，時常覺得自己就像一本舊電話簿似的。」

「每個人都會有這種感覺的時候。」

「是嗎？」她語氣平淡地說，「你也會有嗎？」

他沒有說服性地點點頭。

趴在他胸口上的女人輕聲底嘆氣，說：「是因為和我在一起的關係吧！」

正盯著天花板的他，突然就聽到了嗝嗝、嗝嗝一種很特殊的鼻息聲響起。那種聲音就像，就像沒有主題的背景音樂，斷斷續續地，既莽撞又冷清，而且好像來自很遙遠的地方。他彷彿可以看見一隻打瞌睡的鴿子，在周圍公寓林立的一座小無線電臺的播音室裡，對著收音不良的麥克風打鼾。

「聽——妳聽見了嗎？」他問身畔的女人。

她的手指尖正來回地磨挲著他的耳朵，同時大概覺得是個無聊的問題，便懶得搭理。

「妳真的沒聽見嗎？」

女人還在撫摸他的耳垂。

「那種聲音又出現了啊！」他彷彿自言自語地說。

他曾經見過女人的前夫一次。不知是出於偶然的機會呢，還是她刻意的安排，不過不管怎樣，他對這個男人都沒有留下多大的印象。凡人或多或少總有一些跟別人不一樣的地方，譬如說喉結特別突出啦，或者眉毛特別濃什麼的，可是說也奇怪，這個男人卻連一點特徵也沒有，好像晾在對面公寓陽臺上的襯衫，看過就要忘了。如果不是男人溫和得有些教人不安的臉色，宛如被賦予博覽會上和平鴿的身分，所以不得不流露的高尚情操這點，看了令人覺得不自在而稍有印象外，他到今天或許還會懷疑，到底是真的見過這一個人還是沒有。

那是個在梅雨季節裡的陰霾黃昏。和女人睡過覺後的第十九日。他剛上完無聊的「歷代官制沿革」，回到住處就接到她的電話留言。

「我買到了那張『麵包樂團』的《Everything I Own》，」留話機裡傳來像風吹過廢墟般的她的聲音，「如果你願意，可以過來聽。」

喀擦，電話就掛斷了。

為什麼總是這樣沒有商量餘地的？他邊重新套上那雙焦糖色的駱駝皮鞋，邊想。為什麼要被她隨便的一句話搞得雞飛狗跳的？他邊繫鞋帶，邊想，到底是怎麼回事，明明麻煩的雪球就要愈滾愈大，為什麼自己還覺得很快樂？直到他把大門反鎖後，才發覺忘了帶鑰匙出來。「麵包」、「麵包」，噢「麵包」，他懊惱地邊踢著人行道上的易開罐，邊想什麼搖滾團體會傻兮兮的叫自己「麵包」……

然而，當天他們什麼也沒做，連她在電話中提過的唱片也沒聽，兩人只站在小陽臺上有一搭沒一搭地閒扯著。她問他看過佛洛伊德那套精神分析的玩意兒沒有，他說精神分析讓他聯想到小學的自然教室。

「小學的自然教室？」女人訝異地問。

「是啊！到處是泡著青蛙、兔子、猴腦、亂七八糟標本的小學自然教室。長得瘦瘦高高，下巴留著山羊鬍，不愛講話，連男生把蚯蚓丟到女生的裙子裡都不大愛理睬的自然老師，用滿布老人斑、微微顫抖的手，拿著藍色的石蕊試紙，默默地示範著酸鹼測定法。」

女人偏著頭看他，眼神充滿著疑惑。

「說不上來，」想了一會兒，他才接著說：「就是覺得兩者間，似乎有什麼共通的地方？——小學的自然教室和人類情感上的一些結。」

「是不是教自然的老師，有什麼變態的行為？」女人一臉認真地問。

「沒有哇！很正直的一個人，一絲不苟地在測酸鹼值，鬧哄哄的學生好像跟他一點關係也沒有。」

他覺得女人似乎帶著幾分失望的神色。

天空的雲層愈積愈厚，一種天花板隨時會塌下來似的感覺。女人安靜地望著天空的樣子，更加深這種預感。

不久，女人打破沉默說：

「好像從來沒聽你提起過你母親的事？」

他猜她是想問他有沒有「戀母情結」。繞了這麼一個大圈子，原來是——

「沒有吧，我沒有戀母情結。」他乾脆對女人說。「我對同年齡女生那種高中時代殘留下來的搗嘴笑法，有時還蠻著迷的噢。」

「嗯。」

女人的臉忽然紅起來。好像躲在厚厚的棉被裡偷看言情小說，突然被舍監逮個正著的樣子。這時候她不再像雲端中的人物或是地下電纜圖，而是再普通不過又易受傷害的傻瓜。他忍不住想吻她，她卻輕輕地避開了。

「不能在大庭廣眾。」她說。

之後，他就再也想不起來他們究竟還談了些什麼。也許什麼都沒說，只是隔著她的素色棉襯衫，感覺到她正壓在他手腕上的柔軟的乳房。他們就這樣彷彿在等待誰似的，默默地看著近處遠處公寓的燈火一盞盞相繼亮起。

然後那個像鴿子一樣的男人就回來了。

女人從容地為他們互相介紹，彷彿她已等待此刻多時。她不說他還在大學唸歷史系，成績很破，而且也不清楚自己未來的方向；她不說他幻想和現實分不清楚，還很可能被退學。她對鴿子男人介紹說他是「研究史學的」，口氣刻意地，輕描淡寫到足以造成神秘感的地步，讓人錯覺他要不是哪個鬼大學的年輕教授，就是故宮博物院的青銅器專家。

為什麼要用這種口氣說話呢？他覺得自己像一張製作不良的偽鈔似的，被人用懷疑的眼光注視著。

幸好的是，到目前為止並沒有特別戲劇化的事情發生。鴿子男人還給他倒了杯加冰塊的威士忌，味道就像女人以前常倒給他喝的一樣。他們兩個都特別喜歡那個牌子的威士忌酒吧，他想，即使已經離了婚。

「說起來都是些像蒼蠅一樣，生了又死，死了又生的無聊東西。」鴿子男人一邊將冰塊和玻璃杯撞擊得十分悅耳，一邊描述著自己的職業說。

他是在一家專門報導小道消息的週刊社幹記者。工作時間並不固定，忙的時候兩三天不回家，也是經常的事。他不大像是一個目光尖銳，喜歡興風作浪的人，因此很難想像他拿著高倍望遠鏡頭，守候在人家門口的樣子。

「用貴重的器材在捉蒼蠅，」鴿子男人說，「這就是我的工作。」

「這個人天生是幹這行的！」女人轉過頭來對他說，口氣分不清是佩服還是諷刺。

「到底是研究歷史，比較高尚吧！」鴿子男人也似笑非笑地望著他說。

明明兩個人都在對著他講話，可是，好像又沒有人真正在乎他的想法。簡直像被捲進去《東方特快車號謀殺案》裡頭，正襟危坐在動機不明的乘客間一樣。

藉口明天要趕交一篇報告，他想，還是趁早離開這裡為妙。

「你不是來聽唱片的嗎？」女人在他臨去前說，「《Everything I Own》？」

「地下瓦斯管線路！」他對自己說。

走到巷口對面一家小雜貨店的騎樓下等公車。滴滴答答的雨把路面都打濕了，到處瀰漫著沼澤般的氣味。廊下零零落落停靠幾輛顏色不同的摩托車，彼此歪斜著頭擱著，好像在互相取暖的樣子。雜貨店的老板穿著木屐跑出來，對著黑暗的天空嗅了嗅，接著罵了一聲後，才慢慢踅回店裡拉下沉甸甸的鐵門。這世界真的活著各式各樣的人哪，他心中想，各種不可思議的行為背後，隱藏著各種不可思議的理由。然後雨落下來，把一切都沖到陰溝裡去，就是這麼一回事。

他等的那輛巴士開走了，可是他並沒有上車。

他走進對面一家廿四小時營業的便利商店，喝了一杯咖啡，吃了一個味道像枯葉似的沙拉三明治。女工讀生盯著玻璃門外的雨夜，一副「誰也不要來煩我」的表情。走出店外，立刻感到一股涼意。直覺地拉拉擋風夾克的領子後，便朝堤防的方向走去。

一路上水波反射著光的各種倒影，有搬家公司的廣告，有徵求家庭代工，更有噴著「雞巴」的紅漆。巷底站著一根落落寡歡的路燈，他在光源底下仰頭看，毛毛雨在光束中彷彿不是從空中降落下來，而是由地面正要回到它們天空的家。步上堤防的階梯，他坐在看得見女人那棟公寓的一座堤墩上，與四周廣闊的天地相較，公寓裡的人們似乎緊密地生活著。

女人家裡的燈還亮著，花布窗簾後，也許她和鴿子男人正在聽那張唱片吧，飄著他們那個年代多愁善感氣味的「麵包」。而他呢？他聞到的是刺鼻的福馬林。沉默的「山羊鬍子」拿著藍色石蕊試紙走來走去，而雙手環抱著膝蓋的他，已經變成小學自然教室裡的一具標本，被泡在冷冷濕濕的宇宙裡，拚命喊叫……

妳真的沒聽見嗎……

自從那次和鴿子男人打過照面以後，彷彿為了避免什麼輻射感染，而造成的心理陰影，女人常會在和他溫存的時候，有意無意地暗示再沒有任何一個地方，會比這個愛情小天地更令人自在的了。但愈是這樣，他就愈覺得可以聽到一種模糊的，類似鴿子喉嚨發出的，咕嚕、咕嚕的聲音。

「是嗎？鄰居有人養鴿子嗎？」女人這樣說著，便艱難地翻過身去。

到底兩個人擠在一張小單人床上，並不是件舒服的事。但他始終不敢問她為什麼要買這麼小的床？為什麼每次行完魚水之歡後，總要一而再地、不厭其煩地把床單和枕頭打點得看不出一絲翻滾過的痕跡？而房間其他地方零零亂亂的就無所謂？

有很多事情他不敢問，只能抱著「本來就是應該這樣子」的態度面對。女人喜歡他抱著這樣的態度和她交往吧，他想。

他們是一個法語會話班認識的。強烈而不自然的日光燈，把每個人的臉都照得鐵青的法語教室。

「日安！皮耶！」

「日安！伊莎貝拉！」

「你要到哪裡去呢？」

女人以冬日陽光若隱若現的微笑問。

我要去法國攻讀「年鑑學派」的東西。二十一歲的最後一個冬天，在歷史系唸書的他，按時到學校聽課，甚至還作筆記，可是卻唸得出奇的糟糕，而且丟了一把黑色的雨傘。十一月底，遠方的女友在來信的結尾寫道：「我知道失去你，是我的損失，但是，請你不要再來找我了。」雨沒完沒了地下著，他擠在濕濕悶悶的公車裡，對著霧氣茫茫的車窗，指頭寫著：「日安！你要到哪裡去呢？」然後看著字體慢慢蒸發掉。那個潮濕的冬天，對他來說，只有布勞岱爾描述的一七八八年巴黎老百姓的卡洛里攝取量和市場的穀物價格，似乎才是真實的。

「日安！皮耶！」大家跟著老師又唸了一次。

身材苗條眼睛大大的女人，穿一件長及膝蓋的粗面針織毛衣，唇膏很鮮艷，白晰的臉蛋有一點魚尾紋。她坐在他旁邊，不時要撥撥幾綹老掉到前額的頭髮，後來乾脆跟他借了一枝鉛筆，三兩下把整束頭髮別在腦後。瞧！不是很神嗎？光用一枝鉛筆！女人對他微笑的表情，似乎這麼說著。

她在一家航空公司從事票務工作。休息時間她告訴他，這陣子她輪早班，清晨五點就要到行天宮搭公司的巴士，很辛苦的工作呢，而且待遇也不如外邊想像中的好。

「但是趕在晨曦中坐巴士的感覺還不錯，很像小孩要去遠足呢。」她說。

她又對他說，如果有需要，她可以幫他訂到廉價機票等等。當時無非就是這類無甚意義，但可以增進陌生人之間彼此好感的談話。

隨後的會話課，透過不是很流暢的法語，大家都知道她最大的心願就是到巴黎最古老的一家舞池「藍牡蠣酒店」，看人家跳探戈。至於為什麼是「藍牡蠣酒店」？為什麼要看人家跳探戈？她則沒有講，大概是用法語還很難表達吧。總而言之，她還不能成行的理由是每個月必須付一大筆房子的貸款。

就是那間她和鴿子男人合買，現在還住在一起的房子——一棟在臺北市房價飆到最高點時買下的愛情之巢。當然他們還有聽來像是天文數字的房貸，要窮倆人畢生之力去償付，但對當時仍像兩隻蜘蛛，在婚姻生活裡拚命編織憧憬的她和鴿子男人來說，這簡直不是個問題。

「但沒想到，就這麼被套牢了。」

女人在PUB裡這樣對他說著不可思議的故事：「按照原價賣嘛，房子一時是脫不了手的，殺得太低嘛，兩個人都賠不起，雖然我們已經離婚，但是每個月光是這房屋貸款都付得很辛苦，實在沒有能力另外再租房子住，想想只有繼續住在一起最划算。」

當了三個月的法語課同學後，一個週末的下午，她打電話來問他可否幫她搬一張新買的床。他去幫完忙後，女人為了謝他，便請他到附近一家PUB喝啤酒。談著談著她就告訴他有關房子和離婚的事。

「所以妳一時還不能去巴黎《藍牡蠣酒店》，看人家跳探戈囉！」

女人笑了起來。「你還記得？」她說。

她顯得很開心，臉上掛著很久沒有愉快過的那種笑容，沉默了一下子才開口說：「男仕們穿著黑色的燕尾服，女仕們則穿著紅色鮮艷的滾花邊舞裙，像貝托路奇的電影《巴黎最後一支探戈》那樣，在老派的豪華舞池裡，誇張地跳著探戈舞步。」

「如果舞曲能用四十五轉的唱片放，那就更精采了。」他說。

女人一邊啜飲著第三杯杜松子酒加苦艾，一邊沉湎地望著他說：「沒有牽掛，沒有羈絆，光是看人們那樣使勁用著過了氣的舞步，把生命的輝煌一點一滴揮霍殆盡，不是很過癮嗎？」

那天深夜，他送女人回公寓，然後就睡在那裡。

隔天凌晨四點，女人把他挖醒，說她要準備到機場上班了，他只好跟著起床。女人在淋浴時，他到廚房找到了一罐即溶咖啡，就用茶壺煮起開水。在等女人的時候，他坐在小餐桌上想，為什麼會變成這樣？不知道，一切都顯得很混亂。他連女人喝咖啡加不加糖或奶精都還搞不清楚。

「不用了。」她說，「我不喝咖啡的。」

女人指了指桌上的那罐咖啡，又補充道：「那是我前夫的。」

雖然當時他還沒見過鴿子男人，不過心中已經隱隱然有預感，和女人的關係，不光是和一個異性之間的單純關係而已，那裡面還摻雜著許多微妙的情緒因素。他想像自己正蒙著眼睛，走在一個廣闊的廢雷區，不知什麼時候會誤觸引信，轟然一聲，然後一切在瞬間化為烏有。

那天他一個人在清晨五點一刻，走在冷清的街頭紅磚道上時，大抵就在胡思亂想著這類事情。

然後他和女人見面的時間，就被固定在每週的星期三，有時候是下午，有時候是晚上，視女人排班的情況而定。說不定也是為了避開鴿子男人在家的時間，不知道，她從來沒有說。她只說：「嘿！我們就在星期三見面吧。」

「好啊。」他也說。

然後就像世界上所有一切莫名其妙被遵循下來的儀式一樣，他們也如此謹守著每週一次的約會時間。

至於其他時候她都在做什麼呢？也許在背法文的陽性、陰性名詞吧。因為女人曾告訴他，要為人生中某一時刻的到來作準備。她所謂的「某一時刻的到來」，指的應該是到巴黎「藍牡蠣酒店」這件事吧。每當他這麼望著女人背影柔美的線條時，都會感到一種極度的不確定，就像處在強風中一隻蜻蜓的心情。

「搬來和我一起住吧！」他忍不住說。

女人沉默著。

「雖然不是什麼舒適地方，但是兩個人可以一起生活，總是不錯的。」

女人依舊沒有說話。

「妳願意考慮看看嗎？」

女人突然哭了起來。她雖然極力在壓抑，不過仍可以從肩膀的抽搐動作看出來。他不曉得怎麼辦才好，只好一直保持沉默。

「我說過的，不要有牽掛……」她的聲音哽咽住，所以背部的抽搐就更明顯了。

「可是，老在妳前夫的家裡做這種事，」他說，「總是有一點奇怪不是嗎？」

「這不是『他』的家，這是『我們』共同買的房子。」女人的聲音中，有很明顯的不悅。

「知道了。」停了一下，他說：「對不起。」

女人雖然停止哭泣，不過也沒有再說任何話。

他靜靜看著下午四點的陽光，在她赤裸的背脊上投下雪白的光影。因為籠罩女人的光實在太透明了，以至於他完全失去了深度的知覺。雖然明明就躺在女人的身邊，但是她卻看起來非常的遙遠，遠得像一隻被埋在冰河底下的長毛象。不知道為什麼，他看著女人，突然感到一種難以言喻的悲哀。

「請你瞭解我害怕再被任何東西牽絆住的心情。」

不知經過多久，在他的耳邊，似乎有一個聲音這麼說著。

可是，這世界果真有不被任何東西牽絆住的人嗎？他想起了在月球上漫步的太空人。但是，雖然看起來擔子輕些，到底還是有六分之一的引力；再說，我們又不住在月球。然而，這些話他都沒有機會向她說，哪怕是以再輕鬆的口吻，因為女人這時又悄悄哭了起來。他似乎該說些什麼，但想想又覺得算了，只伸手輕輕為她把被單拉上。

就在他為女人蓋好被單的同時，他看見她身後那個小窗外的天空，有隻鴿子啣著禾梗，笨拙地拍翅飛過。

「築巢季節！」他心裡想。

天知道他多麼想陪她去巴黎的「藍牡蠣酒店」，看人家跳探戈。

但是，他知道，打從心底知道，除了在這個小小的巢中巢聽鴿子咕嚕咕嚕的喉音外，他們兩個哪裡也到不了。

輯二

遺忘回家的鑰匙

饗宴

食物，終歸只是填飽肚子的吧。

雖然我也相信，藉著烹調的手段，有可能使吃從生理的需求轉變為一種純粹的生活感受，但沒有飢餓的感覺，說是單靠生活感受就能有食欲，總覺得太牽強了，這有點像說不打開瓶蓋，就聽得見氣泡聲是一樣難以置信的。但是，有一種比上述情形更加毫無來由的現象——明明已經撐飽的肚子，卻像不知饜足似的，還想拚命吃進去其實並不特別誘人的食物。

我不知道，是不是很多人都有類似的經驗。就我個人而言，直到無意中參加了一個小男孩的生日聚會之前，倒是從來沒有發生過。

我會留在小男孩的家裡，只因他的母親突然告訴我今天是小孩的生日。原本以為幫完忙就可以回家，輕鬆度完剩餘週末的我，此時卻無端產生了「似乎應該做點什麼」的念頭。這也不是說當時的我，覺得應該去買一塊蛋糕，或者小禮物什麼的來湊熱鬧，而是自然而然就有不好「一走了之」之類的強烈感覺。也許是孩子的母親在告訴我這件事時，帶著好像要共同分擔某種秘密的語氣，也許是當時小男孩望著我的兩隻大眼睛，總而言之，我就是在這樣的情況下留了下來。

我和他們母子才第一次見面，因此儘管一起坐在客廳裡，也不曉得要講什麼才好。她告訴我，孩子的爸爸要打工回來，知道我能留在他們家吃晚餐，一定高興極了；接著又感謝我花了大半天時間載他們到中國城，購買一些家常食品、調味料等等。

在她說話的時候，小男孩便倚在她身旁，仍然用那一雙大得出奇的眼睛打量著我。我偷偷對他眨了一下眼睛，小孩稍稍露出一個迅速消失的微笑。他的母親則繼續說著剛到美國這個陌生的國度，日常生活還很難適應一類的話題。

「如果是當花錢的觀光客來，就不會有這樣的問題吧。」她說。

我點頭表示同意。

經過一陣短暫的沉默後，「是困難。」我彷彿自言自語地說。同時想到她的丈夫——在一棟老人公寓打工的我的朋友，此刻正在做什麼呢？幫一個有重聽的老頭洗澡？還是在清理一位夜患失眠的老太太的便桶？明知道自己講的是沒有用的話，但也實在找不出更恰當的說辭來。

「我給你們下碗麵吃吧！」說著，她突然就起身走到廚房去。

我趕緊表示不要麻煩了，因為近午出發前，我才在自己的住處吃過一塊三明治，現在並不覺得餓。

但那怎麼可以呢？她認為小孩的父親要一兩個鐘頭後才能回得了家，現在要不稍微填點肚子，等會兒餓過頭，反而吃不下了。

「先跟小孩分碗麵吃好了！」她斷然地這樣說道。

儘管先前並沒有飢餓的感覺，但經過她這一番不由分說的堅持後，說也奇怪，肚子倒真的隱隱然升起一股像是龍山寺古井那樣空空洞洞感覺的東西，從胃壁一直麻震到頭皮。這種在體內無法具體描述的吸力，強烈得有如一台吸塵器開個不停的感覺，只可能是飢餓感對吧——不然會是什麼呢？

當我還在剝湯碗裡的最後一隻煮蝦時，小孩已經吃飽離座，他的母親則把剛擀好的餃子皮攤在桌上，一面在海碗裡拌餡。

「在臺灣，人們也吃餃子嗎？」她問。

「吃啊！」我說：

「不過好像沒見過把蛋打在肉餡上。」

其實我也不曉得所謂「一般的」餃子餡的作法應該是怎麼樣。印象中的餃子好像就只是絞肉、菜丁、白麵皮，頂多再加上透明的塑膠殼包裝，陳列在超級市場冷凍專櫃裡那樣一種整體的，現成品的概念。所以「把蛋打在肉餡上」也許是一個很普通的常識，只是從不曾參與製作過程的我，不知道罷了。

果然她說：「這樣子肉餡有韌性，吃起來才不膩口啊！」

她把餃子餡攪拌得勻勻整整的，手掌、瓷盤都細細撲上一層麵粉後，才開始包捏。她捏水餃從來不用力，不像我「擠」半天也包不漂亮。那些肉餡彷彿都是她的嬰兒，她以輕輕呵護的手，將它們一湯匙一湯匙地裹進白色被褥裡安頓好。

這種在家庭誕生的水餃，吃起來是什麼味道？

比起那些躺在超級市場專櫃的冷凍嬰兒，有什麼不同嗎？

這樣想著，那種龍山寺古井的感覺彷彿又呼之欲出。

可是我才剛吃下一碗鮮蝦麵啊！這回，為了想實地測驗一下是否真的有這樣的感覺存在，便嘗試著先將注意力轉移開食物，然後看看體內的「吸塵器」，會不會再自行運轉起來。於是我問小孩是幾歲的生日。

他從擺滿各色玩具乒乓的地板上抬起頭來，以略帶興奮的語氣說九歲。

「好命噢——」他的母親說，「這麼大的人還過生日呢！」

說著，母子兩人笑盈盈地交換了一個眼神。

不過就這麼一瞬間，孩子的母親好像突然想到什麼似的，臉上的笑容又黯淡下來。「他的爸爸——」她對我說，「八歲時母親就死了。」她指了指小孩繼續說：「還不就這麼一點年紀大，哥哥們帶著，就在青康藏高原牧起羊來。」

「有一百多頭羊哪！」小孩插嘴道。

「你倒清楚。」母親說。

「我爸告訴我的啊！」小孩的表情逗得她忍不住又笑了起來。

「這會兒話多了。平常啊——」小孩的母親對我說，「悶葫蘆一個，跟他爸一樣。」

我望著小孩的母親背後底百葉窗外，一輪長得像海馬的月亮，想著一百頭羊的故事。

我想一百頭羊要怎麼指揮呢？像小男孩在排列玩具兵那樣嗎？也

許在運用想像力這方面，真的有共通點也說不定。況且是在一個聽起來比月球陌生的地方，牧童一定更不受地心引力的牽絆。所以我的朋友從小喜歡舞蹈毋寧是件很自然的事——每個舞步的細節，他都有足夠的時間以慢動作般的鏡頭來掌握。在時間比較遲緩，比較馴養的青康藏高原：

他帶著他的一百頭羊像美國太空人阿姆斯壯那樣地跳舞。

而我的胃壁卻一直為我傳遞真實與不實夾纏不清的感覺。就在我頭腦開始混亂的時候，我的朋友回來了。

他一進門就高聲嚷著吃吧吃吧，大家肚子都餓了吧。他拍拍我的肩膀，並將手裡的一個小蛋糕拋給迎上去的小孩。

「什麼時候點蠟燭呢？」小孩張大眼睛問。

「要吃蛋糕的時候啊！」我的朋友回答。

父子兩個人的眼睛——真是，長得一模一樣。

「那什麼時候吃蛋糕啊？」迫不及待地，小孩又問。

「等大家吃飽飯！」小孩的母親一面端出熱騰騰的湯餃，一面溫和但又不失斬釘截鐵地說。

我吃掉一整碗紫菜、辣油、芫荽和雞湯煮成的湯餃。十二月的隆冬裡，全身汗下如雨。小孩的母親又繼續從廚房裡端出一大盤油煎包子，朋友要我慢慢吃，他得趕搭七點十分的公車到戲院打晚班的工。

「吃兩隻再走！」

「蛋糕呢？」

母子兩人不約而同地叫出聲來。

在他終於同意讓我開車送他去之後，我們又吃下了三隻油煎包子和一碗甜粥。至於生日蛋糕，無論如何是沒有時間吃了。「誰說咱們聚會結束了？」我的朋友大聲宣布道，「李叔叔和我都還沒吃飽呢。吃！——等我下完工回來，再——吃！」

我不安地把頭探向那口古井，不過什麼都感覺不到，連「吸塵器」的回聲都聽不到。大概是故障了吧，我想。

星期天晚上的街道幾乎沒有什麼車子，我以比平常稍快的速度駕著車，沿著濱海公路駛去。車子裡很暖和，可以感到食物正靜靜地躺在胃裡被消化。經過碼頭遊樂場的時候，駕駛座旁的朋友突然提起有關獎學金被他們舞蹈系取消的事，他說他還沒有告訴他的妻子。

「他們才來美國不到一個禮拜，一切還顯得那麼快樂——」他低聲地說。

我從照後鏡看見跟著出來兜風的小孩，正把好奇的臉貼在車窗上，玻璃映著「空中飛輪」巨大的霓虹倒影。

那是離聖塔摩妮加碼頭不遠的一間電影院，平常輪到他當值收票時，沒事我也喜歡跑來看場免費電影。他進去朝那位賣冷飲的紅髮女孩打聲招呼後，就捧著大盒爆米花出來，從搖下的車窗交給我，再三叮嚀務必等他回家。我拍拍肚子說：「當然，肚子還沒飽呢！」並順手把爆米花遞給換到前座來的小孩。

回程經過路邊的販賣機時，我給小男孩和自己各買了一瓶可樂。之後我又到超市買了一打啤酒和三磅的蘋果。我一邊和小孩吃著爆米花，一邊操縱著方向盤。收音機傳來史汀《藍色海龜的夢》專輯中的一首歌，歌名我忘了，不過還能跟著哼上兩句。小男孩講起前天到他父親打工的戲院看的一部卡通片《美國鼠譚》給我聽，講到興奮處還不忘自己配上音效。為了把故事聽完，我們只好在市區兜圈子。等回到他家，一大盒爆米花都吃光了。

在等我朋友回來的這段期間，我的嘴巴一直沒閒著。小孩的母親不斷端出下酒的小菜來——馬鈴薯絲拌肉末、炒雪裡紅、薑醋白蘿蔔絲、鹹水毛豆。我啜著啤酒，心裡納悶到底是怎麼回事啦？這樣不停地吃，卻沒有任何可以明確指認為「飢餓」或「飽」的感覺，簡直像失去線索的神探可倫坡似的，一個人關在煙霧瀰漫的房間裡，一籌莫展。

我和小孩的母親談到修理燈座的事、談到八二年份雪佛萊車子的事、頭疼藥種類的事。談到生活上大大小小挫折的風暴裡，不時也會有活像閃電似的，滑稽得令人想捧腹大笑的時刻。

談到深夜十一點半朋友回來的時候，又有三罐啤酒和下酒菜被送進胃裡了。之後，我又陪他吃了皮蛋豆腐、泡菜、排骨湯和一碗白飯。

那塊生日蛋糕？——當然也吃了！我還記得上頭有蠟燭屑的味道。

食物，終歸只是填飽肚子的吧。但從這次的經驗看來，我想，倒也未必。

走鋼索的夢遊者

——女伶葩葩傳奇

一個女伶，能以性感扮相，風靡影壇五年以上，可說是祖宗積德；能叱吒十年以上，真可謂得天獨厚；而歷久不衰，能達二十年以上，必定具備一種別人所無法取代的特質；要真能屹立不搖，保有偶像的地位，達三十年之久，在我們這個時代，稱得上異數了。而這位黑捲髮，大圓眼睛，脾氣奇大的女明星，自從一九七七年的處女作，黑社會寫實片《港都女煞》中嶄露頭角以來至今，已整整四十年了，期間面對五次婚姻失敗，兩度自殺未遂，一次酗酒療養紀錄以及無數的流言困擾，從票房上不但看不出過氣的跡象，據她的經紀人說，目前還可能是她演藝生涯中的另一個巔峰階段。

雖然對自己的年齡一向守口如瓶，但總不會有人天真到相信她還未滿三十歲吧……與她同輩的影迷們，現在都只能眼巴巴瞪著年輕小伙子對她吹口哨，發出尖聲怪叫，而自己只剩那麼一點把檳榔渣吐到膝蓋的力氣。歲月頤指氣使地教人學會自慚形穢，雙手捧給她的卻是另一種風華的氣度。珍珠母般光潤的皮膚，一條鑲有大小六顆紅寶石的項鍊妥貼地隨著她那富有彈性的，像西洋歌劇女高音般逼人的胸部起伏；從八〇年代末期顏料併盤的噩夢中解放出來的如瀑的頭髮，如今端莊地盤在腦後，可敬地閃著黑汞般原色的光芒，右臉頰那顆著名的黑痣，妖冶恆常，當她帶著君臨天下的神氣轉向攝影機的那一剎那，所有的人都呼吸困難。這就是一代奇女子，永遠的葩葩。

匿居在廢棄的麥當勞舊址，終日漂浮在霓虹燈管迷幻詭異的氣氛中

起初那些認為她只會賣弄胴體，在三流電影裡搔首弄姿的人，後來都不得不承認是自己看走了眼。她那不像演戲的演技，事實上是極富說服性的，足以把任何一個女人抵死也不肯承認的，內心的那種朦朧的欲望，詮釋得絲絲入扣。她從不避諱裸露鏡頭。按常情論，靠犧牲色相來譁眾取寵的，往往是不入流的女星的媚俗行徑，但她就是可以跳脫出單調的肉體的限制，創造出一種歡快的，令人迷惑卻又無可非議的典型。誰能忘得了她在《福爾摩沙的女兒》那部片子的表現？在一間漏雨的閣樓，她懶洋洋地躺在一席雪白的床單上，赤身露體瞪著攝影機長長的一段時間後，突然出其不意地一巴掌拍在自己豐滿的

臀部上，發出一掠譏誚的譁笑，對滿座死盯銀幕，彷彿患有偷窺癖的觀眾來說，她的神情倒像是一位十足的侵略者。

人們稱她為「千面魔女」，認為她具有透視不同角色的慧根，重點不在於她演什麼像什麼，而是那些角色根本就是她一個人不同的化身。她可以在一刻鐘前，像位教國中放牛班的女教員那樣神經兮兮，而在下一刻，又像位長兩顆小虎牙，傻裡傻氣的玉女歌星那樣教人心曠神怡。年齡對她來說根本不是問題。《悲情雨港》的導演葉健雄說過：「二十年前的《悲情雨港》找她主演的話，我可以只用她一個女演員，從憂歡派對少女演到阿匹婆！」

這樣一位人人夢寐以求的影星，數十年來卻匿居在傾頹破敗的臺北西區，一幢麥當勞漢堡店改裝的舊樓裡，高高懸掛的那座巨型紅鼻小丑的招牌，甚至都沒有拆走。一到夜晚，對面的酒吧、色情按摩院、Post-KTV、賭博電玩、老鼠香腸攤便把五光十色，紙醉金迷的霓虹燈投射到她屋中的每一個角落，映在空蕩蕩，只迴響西藏梵音的白牆上，她終日漂浮期間，自得其樂，活像置身於大水族館裡的一尾魚。

她深居簡出，但偶爾心血來潮時也會在住處附近，妓女、皮條客、毒梟充斥的街道東遊西走，身穿一件渾身散發刺鼻樟腦味的舊大衣，散漫糾結的亂髮，即使最眼尖的影迷也認不出她來，這樣使她有一種像頑童一樣，偷偷摸摸的快感。她平常講話速度很慢，習慣一種帶有鼻音的沙啞腔調，「我喜歡臺北這個晦澀的都市，精神分裂者的所有氣質她都具備，除了這裡，我不知道我還能適應哪裡。」她不看電視，不看報紙，拒絕一切應酬，所有時間都花在臥房的一面落地大鏡前，摹仿任何一位她所能想像到的人物，酒鬼、鄰家女、變態狂、女權分子、富婆、學者、愛奴、聖母……「否則，我實在搞不清楚自己是誰。」有一次被人詢問到這樣做的理由時，她說。

她講故事，餵他，哄他，覺得他真像軟弱的小孩，正在重複她的童年

拍戲時，他朝導演咆哮，朝編劇丟劇本，把蛋塔扔在化妝師的臉上，好幾次惹出軒然大波。但葩葩聲稱她這樣做是有理由的。「我是演員，不需要向政客學那些拐彎抹角，膨風的話，終日不知所云，我只要一丟東西，他們就明白我在生氣。」

對這麼一位難伺候的天王巨星，與她合作的壓力肯定是很大的。導演葛晚村，也是她的第二任丈夫沉吟道：「你根本不可能叫她好好坐下來相信一件事情，她質疑每樣東西，布景、角色、喇叭褲、漱口水、避孕丸、愛情、婚姻、生活，甚至自己的生命。」關於二十年前那次把整瓶顯影劑當作毒藥喝掉的瘋狂賭命行為，葩葩認為不值得一提，因為「年輕就是有那麼一些時候，讓你覺得生活充滿陳腐、單調、昏昏欲睡，既然如此，為什麼不乾脆選擇死亡？」至於十二歲那回自殺，又怎麼說？

「愛情，純粹因為愛情。」葩葩嚴肅地說，「過了那個年齡，再也沒有人有所謂『純粹』的愛情。」寫影評的鄭莉婷過去曾是她最親密的朋友，在她們還未因英俊的民俗收藏家洪宗公開決裂前，她曾描述葩葩「對於男人從來沒有安全感，要她找心理醫生談談，她說她寧可相信生物學上的證據。」誠然，婚姻帶給她遍體鱗傷的痛楚，但當她回憶她的第五任丈夫，現隱居在三峽的前憲政規劃研究所所長吳昇時，臉上仍掩不住一絲忻然而憐惜的神采：「他是好人，我這輩子遇到的一個真正好人，滿腦子稀奇古怪的點子，就是不知道怎麼去完成，也不能忍受真正想把他的點子付諸實踐的人。」

自從第六任丈夫，以講廣播劇「邱罔舍」聞名全島的黃少貓，年前罹患肝癌去世後，她就無意再嘗試婚姻了。她說她才剛開始瞭解婚姻的意義，沒有理由再教別人來破壞它。黃少貓患病這兩年來，都是她親手料理一切的，她餵他吃藥，哄他，講故事給他聽，有時候覺得他真像她死去的父親，那麼軟弱的小孩，只好背著他偷偷掉眼淚。「我覺得他正在重複我失去的童年。」葩葩說，霓虹燈把她整個人映得一亮一晦。

雖然沒有被賣給「夜寶島」，但早嚇得一身冷汗，回家後仍被毒打一頓

葩葩生長在一個人口眾多的家庭，八個兄弟姐妹中，她排行第四。母親患有嚴重氣喘，在煤碳氤氳的基隆港旁一條陰鬱的泥濘小巷，鋅皮和舊木料搭蓋的一干違建戶當中的一戶，一張散發霉味的木板床上，終日咳嗽，後來染上肺癆，從早到晚一個人坐在窗前的床板，用一雙絕望的眼睛，遠遠地看著她的小孩。葩葩回憶她的母親，說她臉很蒼白，近乎透明，在雨霧的天光中，像一顆剝得白淨的蓮藕。

父親江金螺靠打零工維生，他不常回家，每次醉醺醺地踏進家門，總有小孩要遭殃，但他們仍由衷地盼望他，因為他的出現意味著往後的幾日有東西吃，運氣好點的話，說不定還可以嘗點肉香。他記不住每個小孩的名字，只能用「大漢仔」、「小漢仔」來稱呼他們，夾在中間的葩葩簡直沒有希望獲得他的注意。為了爭取好一點的待遇，她只好假扮她的兄姊或弟妹，在父親要她們輪流上桌打菜時，趁他不注意，偷偷多輪一兩回，搶些肉汁。剛開始老是被識破，父親隨手拿起傢伙朝她身上扔，鐵缽、剪刀……，後來她的演技進步了，連被摹仿的人也搞不清楚真假。葩葩心酸地說，「你一直問我表演的樂趣在哪，不！一點都沒有樂趣可言！對我來說，那是手段。」

越戰末期，基隆碼頭一帶到處是燈紅酒綠的酒吧，夜夜笙歌不輟，迎接一船又一船前來度假的美國大兵。那時候她剛國民小學畢業，有一回中午給在替「夜寶島酒家」加蓋房間的父親送飯去，老鴇看見她，端詳一陣，轉頭對做土水的父親說：「江仔，啥款，五千塊包伊半年？吃穿攏算我！半年以後，四六對分！」見父親低頭不吭聲，又繼續說：「阿呢喇，五仟五好不？較贏過你做牛做馬賺兩冬。」父親默默接過她手裡的飯包，忽然抬眼瞪了她好一會兒，這才坐下來，打開飯盒，負氣似的埋頭猛扒。老鴇見狀只好轉過身，拖著木屐往前庭走去，一邊還自言自語地說：「幹！今嘛阿凸仔遇到在室女，嘛也會排隊搶，行情足好！」葩葩早嚇得一身冷汗，她永遠感激老天，當時他沒點頭，儘管回家後她仍莫名其妙地被他毒打一頓。

母親在發餿的床上過世後，父親更不常回家了。直到四十年後，這位女伶才有機會重新認識那個與陌生人無異的父親，但那時他已經酒精中毒，嚴重到無法講一句完整的話，而且顯然也對自己的女兒感到恐慌。省立療養院的主治大夫董五郎回憶當初葩葩堅持要她父親搬出醫院的情景，「他幾乎是一個完全失去身體功能的人，比一個嬰兒好不了多少，而且也害怕這個自稱他女兒的人，要把他帶到什麼地方去。」但她十分堅持，大家都覺得她瘋了，他們打賭她不用到一個禮拜，又會把他送回來。董大夫輸了，葩葩整整服侍他兩年零六天，直到他腎衰竭而死。

「不管怎樣，我就是不願看他待在那兒。」葩葩說，「那種鬼地方，我自己待過，我知道，就像一頭海狗表演的訓練中心一樣。」

況且江金螺也並非如他們所言，只剩下一副行屍走肉的軀殼，一旦克服生疏帶來的不安，對於朝夕相處的女兒，依然有真情流露的時候。「雖然在他生命最後的幾個月，仍然拒絕講話，但有一天黃昏，當我提到我們父女之間是不是有愛，突然我發現，他的眼睛湧出淚水。」葩葩說，舉起手指著窗外，「就在像這樣的一個下雨天。」

可惜她的胞姊，對葩葩所稱「這兩年又六天是她這一生中最幸福的日子，說不定對父親也是」，並不以為然。現服務於基隆一家海產店的二姊，忿忿不平地指責她的妹妹「自私，只想一個人霸占老父。當伊探聽出老仔被關在瘋病院，也不通知阮，自己就把他接回家。兩年中間，不讓我們兄弟姊妹任何一個人去看他。」她的大哥也說：

「蘭仔（葩葩的乳名）把老仔藏起來，隨伊當作布袋戲尪仔舞。」

起初，葩葩對於她的兄姊把心中不滿和盤托出，有些不悅，她撇過頭去，好一陣子才開口說：「由恨到愛的過程是很艱辛的，我不是聖人，我要逃脫自己內心的黑暗，就必須想像父親是當時無助無告的我；我用自己全心的愛去關照他，就像當初他或許也有那麼一刻，想這樣待我。」她一口氣喝光手中的離子飲料，然後說：「這是我們兩人之間的心結，別人一參與，意義完全不一樣了！」

遺憾的是，江金螺直到臨死，都沒能呼喊她一聲名字。

在人際網路的摩天危樓間，像一個走鋼索的夢遊者，無知地保持平衡

一九七六年，單槍匹馬到臺北參加《牡丹花下魂》試鏡的情景，依然歷歷在目。當時藝霞片廠那批人本來想把她塑造成性感豔星，「而我也不排斥，但等他們發覺即使我的乳房也有主見時，就傻眼了。」他們花了很長的時間才明白，不穿衣服的女人也是「人」。製片蔡松祿特別把她拉到一旁破口大罵，告訴她不要在這裡浪費大家的時間，因為觀眾只對胸大無腦的豔星感興趣。「尊嚴？貞節牌坊最有尊嚴！妳叫他們晚上回家後，對著它打手槍？」葩葩學他說話的語氣，自己也不禁好笑。雖然沒能得到該次的演出機會，但大家都對她印象深刻，特別是蔡松祿。葩葩回憶他們長達四十年的不渝友情時說：「他是我唯一不用睡覺，而可以全心信賴的男人。」

後來他替葩葩製造無數的演出機會，竭盡心力。十五年前那一場洪宗事件，要不是蔡松祿，她簡直喪失對人的信心。失去所愛的人，當然難過，但沒有一件是時間治療不好的；可是與你性命相交朋友的那種背叛，真會教人崩潰。「她知道妳那麼多的事：胸衣的品牌，怪異的小動作，惡作劇，髒話，白日夢，會流淚的連續劇情，刷牙的習慣，……突然之間，她跟妳的戀人分享這一切，妳變成透明的，曾經因為親密而顯得真實的事，轉眼間全變成笑柄了。」她甚至不願意再提起鄭莉婷的名字。為了這件事葩葩住進了戒酒中心，蔡松祿得空就去看她，在她情緒最低潮的時候，他唱歌給她聽，「你可以欺騙我，也可以忘了我，就算不再來看我，見面也該說哈囉……。」「想想看，那麼一個江湖氣十足的人，對生命充滿不可思議的熱情。」從此她徹底擊敗自殺的誘惑。

葩葩不答應回顧自己的一生，「因為還不到那個年齡嘛。」她說，「過去的經驗會隨將來的事實改變。」倒是她覺得自己像一個走鋼索的夢遊者，在人際網路的摩天危樓間，無知地保持平衡，「哪天真清醒過來，說不定就摔死了。」她說，一個人在閃爍無定的夜裡，自顧自地笑起來。

獨白

我還想弄亂你的頭髮，穿你的吊嘎仔，躺在一家三流的Motelu大床上仰頭看天花板大鏡子裡的你一邊嗑西瓜，還一邊罵說冷氣不冷下次不要來這家，其實我們都知道也許不會有下一次，因此你才會不斷說我的手指頭有多可愛，我的鼻子，我的耳朵，我的雀斑，還強迫我啃一顆青森蘋果來證明你做假牙的功力有多高，半夜你不是打呼就是睜開眼睛嘆氣，我假裝睡著了不想理你，但你知道我是清醒的，我也知道你知道，所以我說好吧你想說什麼，你說你想知道如果這是我們自己的家，這個時候你想吃荷包蛋，我會不會起床去廚房弄給你吃？我說會，因為我知道我們永遠也不會有個自己的家，你不是那種抗壓性很強的人，但我喜歡這樣，因為我也不是，我害怕太灑狗血的事，比如說私奔啦亡命鴛鴦什麼的，我最遠也只能和你擠在三重這家破Motelu，聽你說我的脖子多麼雪白多麼性感，什麼愛してる（ai shi telu），然後凌晨四點鐘兩個人戴墨鏡棒球帽，一前一後走進Seven買茶葉蛋，假裝不認識，卻又一起結帳，然後又故意裝不熟，在床上剝茶葉蛋時，你說這樣很悲哀，我卻笑得差點滾下床，我們都在賭什麼時候會被發現，然後可以一把鼻涕一把眼淚的say goodbye，但在那天到來之前，我還是喜歡讓你一邊替我塗腳趾甲，一邊吹氣風乾，我喜歡腳踝被你溫暖的大手握住，說到悲哀只有這個時候我才覺得悲哀，雖然我也不知道為什麼，然後你說起K的病情說著說著眼眶就紅了，你這個濫情的傢伙我的一隻腳還被你握著是怎樣，我只希望你不要把眼淚滴在你剛幫我塗好的紅趾甲上，你哭哭啼啼地說我是全世界唯一會讓你想說實話的人，可是你不知道我只想聽謊話，特別是你說謊時左眼會眨啊眨的樣子，讓我超無言超想用力抱住你，可恨的是你的眼淚果然滴在我的腳趾頭，我只好脫下這件幫你在無印買的吊嘎仔替你擦眼淚，我一點都不想安慰你，真的，你讓我覺得自己很糟，如果我的牙齒還OK就不會遇見你，如果我的牙齒不是這樣爛，就不會讓你的手伸進我嘴裡敲敲打打十個月，如果你沒有跟我聊起K，我就不會跟你去八煙看雲看霧看你所有要我看的虛無縹緲的東西，還跟你牽手去吃烤玉米，如果如果如果如果如果如果一百萬個如果以後，還是像這樣躺在你身邊一點出路都沒有，想到這裡我又把擱在燈座上吃剩半顆的蘋果拿起來啃，然後你說你也想吃，於是我就把蘋果讓給你，我就是這樣愛你，愛你入骨你知道嗎？你這個爛人。

解嚴年代的愛情

迷戀，對十三歲的謝寬河來說，是種騷動的幸福；但對三十三歲的他來說，卻是場不折不扣的災難。

從回臺灣著手那篇有關第三世界群眾暴動的博士論文起，他就充分證明了自己一貫的自信：超然、理智、一絲不苟的學究態度。在各種馬不停蹄的社會運動中，他深諳適度運用一點「知識之傲慢」，保持與不同組織間適當距離的妙處；對給他頻送秋波的幾個陣線，他會有意無意地在專業領域內向他們投桃報李。言語間的同仇敵愾，使得他的研究對象當他是自己哥兒們，客觀冷靜的學養，又使他聰明地避開被捲入種種意識形態矛盾的麻煩。在他把全部熱情都傾注在旁觀他成長的社會發生最劇烈震盪的那段日子裡，他毫不懷疑自己可以憑藉這份訓練有素的灑脫，在耶魯社會學系最後一場口試，辯才無礙地闡揚臺灣農民、勞工的進步性——即使最吹毛求疵的洋鬼子也不得不佩服他處理資料的嚴謹。名校的學位、感時憂國的情懷，在把自己視為入室弟子的宋大老的力薦下，義無反顧地回來中央研究院；一位最受青睞的單身貴族，New Age音樂的品味者，偶爾心情好或不好時，喝點杜松子酒加苦艾。乾淨的外表，不鬧事的個性，他像是一位羽扇綸巾級的人物，等在江邊，享受著慢慢刮起的東風。

如果他沒有遇見她。

如果他不是剛好在國民黨與民進黨衝突加劇，以及兩黨各自內鬥不斷、政局敏感無比之際與他們——中斷了十幾年音訊的高中好友邱，和與邱結婚了六年卻仍保持著甜美、小鳥般一雙對生活細節充滿好奇的眼睛的老婆——在士林一家標榜著田園風的茶藝館不期而遇，事情說不定還不會變得那麼糟。

當時謝寬河正與一票向他邀稿的校園編輯們，暢談社會運動的理念。這幾位戴著深度近視眼鏡，比檀木茶桌還顯得老成的小伙子們，正忙著生吞活剝面前這位即將成為耶大新科狀元口中的哈柏瑪斯，以致都沒有注意到他早已將目光轉移到鄰座，一位削著短髮、談笑風生、不時流露出促狹味道的小女人身上。在謝寬河第三次把腳邊那隻東嗅西嗅的迷你豬仔趕開時，發覺坐在那標緻女人身旁的一個男子突然起身朝他走來，眼看就要發生一場尷尬，沒想到那人卻伸出一雙厚掌，牢牢地將他發汗的手心握住。

「毛蟹，喝，真沒想到是你！記，記，記不記得……」男人太興奮而顯得有些口吃，「我喇，阿舍，記得不？」

謝寬河迅速想起了高中時代一起打橄欖球的邱，那時候他擔任中衛，而高他一屆的邱則是前鋒隊長，動不動就要剃光頭，以示為球隊的輸球負責……，好像才是昨日的事情哪。現在立在他面前的大漢，壯碩依舊，只是臉上和頭頂已經瀰漫著早衰的，中年人的氣候。「剛才你一直看我，我就覺得這傢伙很面熟呢，沒想到還真的是毛蟹你！」邱笑眯眯地說。

一點不錯，單純得長不出一顆壞心眼的邱，謝寬河幾乎要為自己剛才的輕浮感到羞愧，儘管表面上他仍泰然自若地和大家寒暄；熱絡的程度依然不減，即使他終於知道那個美麗的女人，正是自己老友的妻子，而隱隱然感到心痛。

這個倒楣夜晚的其餘時光，謝寬河像被突然丟到一顆陌生的星球一般，恍惚迷離，腸胃翻攪——據他自己事後的自我解釋是，僅僅出於一種難得一見的茶醉之故罷了。但很明顯地，他原先的優勢，已經因為那群成天泡茶館鬼扯淡的才子才女們被打發離開，而顯得岌岌可危。邱的這班朋友，大多和邱一樣是聰明苦幹的中小企業家，熟悉腳下這塊被欲望、暴力、孤寂衝擊得搖搖欲墜的島嶼，地上地下的、成文不成文的各種遊戲規則；他們世故圓滑，在殘酷、狡詐、猜疑、破碎、瘋狂的世界，自在地通行無阻，因此歐美的社會科學大師們從舒適溫暖的書齋裡，埋頭想像出來的理論，並不能愚弄他們。謝寬河識趣地聽他們和她——那個嬌小、惹人憐愛，同時又固執得可怕的女孩——在爭論民進黨的街頭抗爭策略。她充滿著鬥志，昂著天生自負的額頭，悍然地，以譏諷的語調對她面前的幾位大男人說，「是啊，攏是些喫檳榔的，沒錯，咱這些中產階級的民主，就是靠這些沒水準的人，在流血打拚的。」

好脾氣的邱始終忙著為大家泡茶、斟茶，似乎對她那種天生就不甘落後的倔拗性子，早已司空見慣，不當一回事兒。他們，所有那些男人都是，對她既寵愛又畏懼。從她隨便幾筆口紅，便鮮潤非常的嘴唇裡吐出來的話語，即使再尖酸刻薄，他們就是可以帶著寬容的興致，甘心屈服，彷彿經過爾虞我詐商場的長長一日後，再沒有比新鮮的異議更令人振奮，尤其是出自這個像鋼鐵般的可人兒。

老天，她可真是個人物！

謝寬河輕輕地歎口氣。看著一隻鶺鴒大剌剌地從他面前橫過。他沒有去想那麼纖白柔軟的粉頸，怎麼能承載一顆倔強萬分的腦袋和一張魅力十足的臉蛋。他倒是想著……想著那隻該死的鵪鶉，咕嚕咕嚕的喉音，東遊西走，旁若無人地踱著閒步，踱著閒步，從閩南紅地磚一直踱到他奄奄一息的心臟，極其韻致的，蹂躪，蹂躪……那個曼妙的聲音在他耳邊說：「臺灣有一位喜歡游泳的大將軍……？」

看法？他的看法有什麼重要？他的心裡說：「謝寬河，你沒有搞頭了你！」但他的嘴巴卻說：「只要我們民間社會的力量能完全解放出來，國家機器的支配力便會相對萎縮；如果民間社會成熟，壯大到足以將國家權力運作納入草根式的，由下而上的管制，那麼不要說什麼行政院長，就算大將軍幹到副總統、總統，甚至什麼超宇宙聖戰大同盟的總裁，又有什麼關係？」

大家都在笑，稱許地。當晚他的存在首度被肯定。重要的是他也看到她撇嘴展現一朵曇花般的微笑，謝寬河於是得到一種莫名其妙的滿足。然而，那天晚上最使他沸騰的還不是這件事。那是在即將攪亂他整個人生計畫的這場不期之會行將結束前，邱猶熱情地與他勾肩搭背，喋喋不休地談著美好往事裡的毛蟹是怎樣和他在泥濘中建立真正的男子漢的友誼，她則神采奕奕地挽著丈夫的另一邊手臂，不可置信地聽著。他們三個人靠得是那樣近，以致謝寬河都能聽到她的呼吸，聞到她溫熱身體散發出來的馨香——往後多少個不眠的夜晚，即使她的影像隨著無情的光陰流逝，而一點一滴變得不真實，他還是可以透過對這種特殊氣味的記憶，來回憶她。

他們走出茶館門口，她趨前一步，停在他面前，說：「後天晚上我們婦女關懷聯盟，想策畫一場援救雛妓的示威運動，我想你是搞社會學的，應該會感興趣，你說怎樣？」

他幾乎沒有考慮就答應了。

「好，」她顯得很高興，「準時晚上七點半，我開車來接你。」

那麼輕鬆俐落、理所當然的樣子，讓謝寬河都有點屈辱的感覺。

他目送她在那群人的簇擁下，和邱姍姍離去，心裡盤算該如何向宋大老解釋，不能參加學術籌備會議飯局的原因。

老實說，直到他坐上她那輛紅色的喜美，心裡還不知道為什麼。他聽她熱心地告訴他，這些年來她們——她和她那幫進步的姊妹們，如何從父系社會層層的神話和謊言中覺醒過來。她並不嘲弄，但也沒有妥協的意思，「女人只是很習慣相信自己沒有背叛的能力。」她說，高貴無比的臉龐沒有任何表情。在紊亂的車陣中，她自由自在地闖著，即使差點撞上一個在跑警察的攤販，也只是這麼一個優雅、自得的手勢，說：「生存，你知道。」當然謝寬河不知道這個穿著

Calvin Klein，高雅、風情萬種的都市少婦，憑什麼比臺西四湖農家子弟出身的他，第一個學會的字眼是「奶」而不是「娘」的他，更瞭解「生存」是怎麼一回事。

為什麼她會留一頭短得像男孩的髮型，戴兩只出奇有力的大耳環呢？為什麼她在這間到處飄舞著聳動標語的大廳，顯得如此興奮？那一大群熱熱鬧鬧的女人又是從哪裡來的？為什麼他坐在這裡胡說八道，而感到很快樂？

瞧，她甚至質疑起他的專業，「暴動？為什麼是暴動？不，這字眼有偏見……」那是在回程的路上，她像突然想起什麼，這樣對他說，神情就像一位不知活在哪個鬼世紀的了不起的皇太后，這樣對她狎暱的近臣有口無心地抱怨著。夏季，臺北酷熱的深夜，街頭了無行人，只有帶潮味的風，懶懶地吹過舊報紙、啤酒罐，和連是喜是哀都不能確定的他。

隔天一大早，謝寬河還是出現在她們遊行的行列裡，筋疲力竭地奔波在群情激憤的婦女們，和對她們的動機全然不信任的鎮暴警察之間。當他耐著性子向分局長解釋他們是針對那些人口販子來的，她卻拿起麥克風，一身革命的勁裝，頭上綁著白布條，以不可置信的冷靜和煽情的語調對群眾說：「這些包庇私娼寮的豬狗員警，才是真正的罪魁禍首。打倒一切腐敗！」排山倒海的聲浪從人潮中破空而出。天，那種場面可真夠瞧。

她們圍住成排的綠燈戶，嚇得沒有半個嫖客敢靠近。不斷的心戰喊話，鼓勵匿藏在裡頭的雛妓脫離魔掌，一整天下來，只有幾個老妓女向她們吐口水。儘管如此，她們仍認為是一次光榮的勝利，因為起碼引起了媒體的注意。

但她卻有不同的看法，在那一次的事後檢討會上，她說：「不嘛則已，要讓這個運動紮根下去，咱們必須考慮和一些講公義的政治團體——聯線，」她特別強調，「我想來想去，一切事情歸結到後來，都是政治問題嘛。」

他被迫使用一種較學術性的說法來替她包裝（可見她目光的力量）：「……尤其是現在，階段性的，剛解嚴不久，一切秩序都還沒有建立，當然 depend on 你們長期的目標是什麼，但不可否認這是一個有效，……雖然我不敢說這是，唯一，的方法。」

「你也贊成對不對？」她要一個乾淨的答案，不是同志便是敵人。是的，是的，他是一隻被人從魔術帽裡抓出來的兔子，變戲法的要的是一隻兔子，他就不能是一隻鴿子或什麼的。她，她們都清楚看到了，他探出了兩隻長長的耳朵，一隻被香菸薰得紅痛的眼睛……

「是的，我贊成。」謝寬河說。

但她的主張仍逃不過被否決的命運，她們太清楚主導權旁落的結果會怎樣，只有她還天真地為此生一頓悶氣。

「她們太令人失望了！」數天後當謝寬河去看他們時，她猶悶悶不樂。

他思索著詞彙，想安慰她幾句。

「我們大小姐今天的股票又跌了。」邱搶道。

「去他的，」她怒容相向，「誰在乎什麼股票來著啊！」

「雖然說是解嚴了，」謝寬河小心翼翼地對她說，「但你還是應該小心一點。政治……，你懂我的意思。」

「政治？」邱在一旁搖頭苦笑，「我記得要出社會那時陣，我阿公把我叫到一旁，說咱邱家三代，做什麼都好，就是不准有一個人去沾染政治。伊驚到我阿祖那款下場……」

「沒有你阿祖，今天你就沒辦法在這做太平紳士！」

又來了，這個精力過人、怨氣沖天、標緻的已婚婦人，他的好友的妻子，穿著一條繃得緊緊的牛仔褲，結實的身材，紅蔻丹的腳趾頭，無聊的星期天上午，隨便找個藉口把脾氣發在那個措手不及的好人身上。他可憐的好兄弟，噢不，他們兩個人都一樣，承受著同一個女人任意地在他們命運的湯鍋裡調味，這裡鹹一點，那裡甜一點。生活，誰能告訴他，生活究竟是怎麼一回事？

這不是一個令人嫉妒的小天堂嗎？……被香菸燙個洞的摩洛哥紅皮沙發，缺水欲死的羊齒植物，杯痕累累、鬼才相信的內幕雜誌，綠色的情人果，維他命，了無意義的拌嘴，還有一切亂七八糟、人們稱作夫婦之愛的生活真相。謝寬河啜著手中的啤酒，平靜地看著生活……他們三個人的生活，將怎樣演繹下去。

「政治？你玩得過人家？」

「玩不過就把我捉去關嘛！還不簡單！」

並不簡單。謝寬河把手頭那篇尚待完成、準備在學術會議宣讀的論文擱在一旁，先全力應付這幾個激進團體的稿約……這當然也是她的傑作。他知道這種引經據典的理論文章，在以聳動為能事的臺灣政論市場，是根本不會有人問津的，甚至包括她，她也不看，他們只是需要一兩篇這種文章的象徵力量。而他呢？他只是需要取悅她。

午夜過後，謝寬河仍一個人待在研究室，很乏力很枯燥地書寫著意識形態、國家統治機器、實踐優先論等等，突然，電光閃閃，大雨狂作，他去關研究室的窗戶。隔著雨濛濛的窗玻璃，不可思議地，他竟能看到距離二十年光陰之遙，十三歲的那個憂傷的小男孩，忍著墨汁的惡臭，假裝蹲在地上，看那位骨瘦如柴、神情猥瑣的老畫匠，在為小鎮廟會的白紙燈籠繪彩。其實，他在等待一個瓜臉白淨的少婦……紅眼猴腮的那個畫匠的媳婦，從偌深的門廊出現，趁天光未暗，坐在斑駁的門沿上，撩起半邊粉嫩的乳房塞進啼哭的嬰兒嘴裡，偶爾她像注意到什麼，微微地溫婉一笑，向他。而這時候，全身顫動的他，因沉浸在一種不著邊際的幸福，而不寒而慄著。

他原以為已經把她封存到記憶的大海裡，沒想到她又從時間的氣泡中冒出來，一副悶壞了的神情，這次她把頭髮剪得更短，更俏麗，也更危險。穿一條黑白相間的短褲，在餐桌和廚房之間忙進忙出。她說，就當著他和邱的面：「女人除了一個丈夫，還需要一個情人；一位滿足她母性的本能，一位滿足她愛情的幻想。」那是有一晚，他們邀他去吃飯，她這樣說的。當時，他，還自以為捕捉到她對他眨那麼一下眼的深長意味，沒想到她卻說：「毛蟹，來，幫我遞過這盤菜！」

大雨滂沱的遙遠臺北東邊，困在一間涼颼颼斗室的謝寬河，想像著眼前這面霧氣茫茫的玻璃，便是開向他們臥室的窗子，他只要用手掌輕輕一抹，便可以看見她在那裡，閃電照亮整幅百葉窗，把她熟透了，真正女人的身體，映得一條紋一條紋的。像貓一樣，她蜷在邱寬厚但鬆垮的胸脯上，愛憐地仰頭瞧他日漸稀疏的頭髮，一手撥弄著，一邊仁慈地告訴他，她根本不會離開他，一切都不過是玩笑而已。而他，遠在地獄打滾的謝寬河，還天真，不，忠實地為她編、編、編、編織她要的花樣，然後說服自己相信這也是他要的，仔細簽上姓名，出爐了，一位超然學者的證言。謝寬河眼巴巴對著玻璃窗自己孤單的身影，開始詛咒，幹他的這個鬼城市！幹他的墮落！幹他的狗屁意識形態！幹他的，理性？幹！

沒隔幾天，他去看他們，順便把她要的稿子帶去。晚上十點多鐘了，她還沒有回來。邱一個人無聊地看電視，看見他來，顯得很高興，拿出一瓶XO開。

「來，試試看，Martell藍帶的，」他說，「前兩天一個客戶送的。最近替他們作了個形象廣告，效果不錯，老板高興死了。」

邱說著，指了指一份大報的半個版面的彩色廣告。

不就是那個以污染而惡名昭彰的大企業登的嗎？謝寬河有種荒謬感，好像誰開了一個並不高明的玩笑。等仔細看內容，他更驚訝了。裡頭是幾個月前，他們去抗議雛妓的事件背景：一位家庭主婦凜然拿著示威標語的特寫，藍藍天空下污穢的黑街建築背景，醒目的黃色標題……

「我們同意這個媽媽的憤怒！」

底下是那個企業的署名。這麼輕而易舉地，把她們勞動了數個月的果實，移植到自己的盆景裡來。

「這種詮釋的角度，恐怕，……」

「再有效不過了，」邱一本正經地說，「機智、個性、有現實感。最重要的，軟調的正義魅力。」

謝寬河把手中的酒狠狠幹掉。這不是個後現代社會，絕不是，這是個超現實社會！

「你老婆對這個廣告沒意見？」

「我根本還沒有機會告訴她。」邱說，看著他，神情忽然黯淡下來。「她整天跟著人家東奔西跑的……忙什麼？房子、車子，她什麼都有，……你怎麼說……」邱喝酒，聲音委靡地，「也許該有個小孩什麼的……」

一定是她不要……就是這樣，謝寬河就是要故意帶著惡意去想像她……這個喜歡熱鬧，喜歡看群眾呼口號，對寄生在「萬年國會」那批怪老子揮舞棍棒的女人，怎麼可能忍受一個淌口水的寶貝，妨害她那神聖得不得了的革命理想。

他們兩個繼續喝酒，陰鬱的，各懷心事，卻又拚命裝著豁達，一直喝，一直喝……她還沒有回來。終於他們都爛醉如泥。

有時候謝寬河會發現自己醒在不知誰家的沙發上。所裡的同事邀他去酒廊喝酒，他從不拒絕，喝醉了，他們就近在自己家裡安頓他。老實說，他們對他並沒有偏見，甚至覺得他是個有趣又無害的人，這就是為什麼當他們突然發現他竟是左獨的旗手之一時，要那麼樣的吃驚。當然他們也沒有拜讀過他的文章，……一種知識分子特有的、莫名其妙的優越感，使誰也不屑去看誰的文章……但他的東西會出現在這種雜誌上，可見他濃厚的色彩。原來他們還以為他也同大家一樣，沒有明顯的政治立場，對每個爭權奪利的黨派，一視同仁地予以嘲弄。難怪，當這個與大家預期不合的現象發生時，他們要產生一種受到「背叛」的感覺。每個人不是都有持不同政治主張的自由？自然，誰也不會對這有異議；他們在信仰上誓死維護這種自由，況且不這樣也有違他們平日的超然形象。但這並不表示他們喜歡身邊有這一號人物，也不表示非要留這號人物在身邊，藉以證明自己是自由主義者不可。

宋大老不是沒有警告過他：他還沒有正式聘任，人家隨時可以在所務會議，投票把他否決掉。但謝寬河總以為發表幾篇不痛不癢的文章，應該沒什麼大不了，畢竟臺灣已進入了解嚴年代不是嗎？他的同儕不但從沒對此表示過意見，偶爾言語間還會讓他認為知識分子扮演這種角色，是件再自然不過的事。論學術表現，他也沒讓人失望，除了兩個月前，他回到耶魯大學順利通過論文口試，拿到學位外，這一年來，他還陸陸續續發表過幾篇研究報告，論質論量，他都有理由對這個研究職位有所期待。

雖然他不再像剛回來時，對自己的理性那麼有把握，——迷戀她一直是他內心痛苦、罪惡感的來源——但至少他還沒隨這個社會腐化啊。謝寬河時常這樣自我解嘲，起碼他不像有的研究員，一邊利用研究經費進出股票市場，一邊在報上凜凜然撰文為窮人請命。可是，這和他曖昧的道德立場究竟有什麼不同？謝寬河有時也深深困惑著。她一直誤以為他是她最堅定的同志，正如他們不瞭解他不是。

於是他們默默喝酒，在他們得知鄭南榕自焚的消息後，一陣駭然過去，謝寬河只能盯著呈琥珀色的酒，腦袋胡思亂想著，想日本成田機場轉機回臺北時，突然興起為她買一樣禮物的念頭。那是兩個月前的事。他走進免稅商店，東張西望，想挑一件會令她高興的東西。他東試西試，覺得只有YSL的Opium最像她平日的氣味，但臨到結帳時，他又打退堂鼓了。他不能買香水送她，那樣讓人感到兩人太親近了。結果他買了一瓶Hennessy XO送邱，就是現在他們三個人手上喝的酒。

邱說：「難道就沒有一點比較不恐怖的方式嗎？」

他們又要吵嘴了，謝寬河覺得今天來得一點都不是時候。但意外的，她一句話都沒有吭，只是一遍又一遍聽著《黃昏的故鄉》、《阮若打開心內的窗》等等臺灣民謠，謝寬河從來沒見過的柔和與清明，彷彿倒像是一種生命完成似的喜悅和幸福。但怎麼會？……兩個大男人從她的沉默中，同時感受到一種太安詳甚至變得刻薄的東西。他氣這個穿一條米色家常裙的女人。他氣她不哭不鬧。他氣她把一個人的死亡當作一種理想、一種意志、一種……隨便他們愛稱它什麼的完成。

「我說這是一條生命，一條生命不是嗎？」謝寬河粗暴地說。希望激起她的反擊，像往常那樣，把他當傻子耍，只要她開口，只要一句話。

但她沒有搭腔。

讓謝寬河全身顫慄的，是她那種沉默的可怕力量，像隱藏在一堵牆後，無時無刻不存在，無時無刻不在監視，不是我們肉眼所能看得見的，一頭像獸那樣的東西。他太慌亂了，連續幾日，以致宋大老打電話來安慰他，他都沒辦法集中精神。他告訴他，他已經盡力了，況且他曾苦口婆心勸他要做一位超然客觀的學者。現在他已經完全無能為力，票投都投了，如果當初……但有什麼用，老頭子甚至有點動氣，他在浪費他的時間，辜負他的一片苦心，早知道，他何必叫他回來臺灣！他不懂他為什麼好好的副研究員不幹，要去搞那些反政府活動，破壞自己的大好前程不說，連帶的把祖護他的人的聲望都賠進去。「相信這對大家都是一次很好的教訓。」宋老大結論道，說完掛斷電話。

他必須出去透口氣。他要知道一個人必須忍受眾人目光的煉獄，頑強堅持……甚至賠掉我們認為最寶貴的……到什麼地步，信仰才開始變得具體，伸手能觸及。

結果他意外地遇到她，在士林廢河道鄭南榕的靈堂外，離他們初識的地方並不遠。陰風慘雨的夜晚，到處泥濘，只有臨時搭蓋起來的靈堂那邊，遠遠的燈火輝煌。她似乎才從裡邊出來，但她看見他了。她撐著一把黑傘，穿一件很樸素的深色連身衣裙。她朝他走來，他彷彿又聞到那種熟悉的香味。她停在他面前，臉上的淚痕未乾。她想把傘挪近與他遮雨，謝寬河趕快接過她的傘柄。他們並肩站立，望著曠地上矗起的花圈和白幡，久久，她說：

「你知道阿舍很信任你，……我們都很信任你。他說過球場上不會背叛隊友的人，這輩子不論到哪裡，都不會出賣朋友……所以，我會只想告訴你。」

他不敢呼吸。

「我和阿舍之間……」她說，「你最清楚。我們的生活，不斷爭執，不斷的意見不和，但我就是感到溫暖……阿舍非常地愛我，我也不可能再選擇別人這輩子。但，誰明白……我想當一個母親的願望有多麼深！」她突然哭了起來。「阿舍不能有小孩……」

他見她發顫地咬著嘴唇，吃力地說：

「但我，懷，孕，了。」

謝寬河想笑，他突然只想笑。想笑這些活著的人多了不起，想笑自己支離破碎的生活，想笑這個古怪的島嶼怎麼突然之間發生那麼多的事，他甚至想笑另外那個他不認識的男人是怎樣被她騙上床的。雨絲輕輕打在他的頭髮上。他把她獨自留在遠遠的身後，就是這樣，他一個人試著往靈堂走去，筆直的，絕不能停下來，一步也不能停下來。看吧，不是到了嗎？淌口水的小孩、超然的學者、跨國企業家、革命家、暴動的群眾、雅痞、情人、偏激分子……他沒有意識到自己在流眼淚，那麼多的眼淚，直到一個江湖氣十足的人將他攔下，說：

「兄弟，邁哭喇，總有一日，咱會出頭天！」

編按：

本文於一九九九年英譯收錄入《中英對照讀台灣小說》，天下文化出版

二〇一七年德譯收錄於《戒嚴——台灣文學選集》（*IUDICIUM Verlag GmbH Munchen*, 2017）

輯三

打開凶猛的時間

葉公好龍

魯哀公姬蔣滿臉不悅地對顓孫師說道：

「國事蜩螗，際此仲春，大宴羣賢，共商國事於臨淄。然則，汝尚懷疑寡人此策非出於善衷？」

「不敢！主公心如明月清亮，盡人皆知。」蒲團上，一位頭頂玄色方巾，置身於群臣之間，一襲黑褂的長者，這樣緩緩說道。其人目光內斂，舉止深沉，遠遠地像一隻棲止的蝙蝠。

「若然，則何如？」年輕氣盛的哀公，非要先前曾在言語間有所冒犯的這位遊說之士，把道理說明，還他一個公道不可。

「容鄙人為主公講一闕軼聞罷。」仍舊不動的長者，只把細小如鼠尾的眼睛，微微上揚，略一頷首，道：

「楚國葉縣縣令沈諸梁，人稱葉公，有奇癖。其人好龍成痴，雲夢府第內樓廊樑柱的蟠龍蟒彩故不消說，即連日常之物，舉凡食器酒爵，鐘鼓銅鏡，莫不雕鱗鏤鬚，求其神似。尤有甚者，家邸上自夫人妻妾，下至武衛僮僕，俱著繪有龍紋之服飾，不敢稍違。友朋訪客每置此境，皆恍恍然，謂天上龍宮不過如此！葉公亦不掩得色。

「好龍名聲既已遠播，不惟楚地及鄰國知者眾，即便天廷真龍亦有所風聞。一日，感其心誠，神獸果真親訪葉公，欲遂其願。

「當是時，劈雷掀天，暴雨撼地，纔見電光乍現，龍首剎時破窗而入，磷磷金爪攀樑攫柱，銅鈴大眼凜凜然覷向葉公……」

「果然一償平生素願，其人不亦樂哉？」哀公興味盎然地問。

端坐的這位長者，嶙峋的臉毫無表情地說：「果真目睹真龍，葉某卻是魂飛魄散，奪門而出。」

「噫！」哀公逐漸陷入長長的沉思。

略無動靜的曠室，只賸搖晃的燈籠，忽明忽暗，投映在兩個人臉上。半晌，游絲一樣的聲音，從座中傳出，荒遠而具體，斬釘截鐵的力量，道：

「其人所好者，龍之名也，非龍之實！」

說完，玄絲袿長者的皺容，顯現一種令人無從捉摸的光彩，像隱晦空氣中，一顆發光的礦石，又像一口陶胚的樸拙，歸隱於尋常的空曠背景之中。

黃尾巴

雨中的盲劍客彷彿正側耳傾聽著什麼。雨水沿著他的寬斗笠，淅瀝淅瀝掉落在腳旁的泥窪中。除了一隻停在朱漆剝落的廊柱上的壁虎外，偌大的平安朝黑川爵府內靜悄悄地，竟似空無一人的模樣。

盲劍客神情凝重地佇立在傾盆的大雨中，雨水從他身後的領子，一顆顆滾進背脊……

在下雨天鬥劍，涼颼颼的滋味一定不好受吧！黃木村瞧著電視上的盲劍客，心裡這樣想著時，發覺妻子正神色詭異地朝他努努嘴，本能地朝妻子暗示的方向望去：不過是乾乾瘦瘦，頭頂光禿，如同往常一般默默盯著電視機，一動也不動的父親。——有什麼不對勁的嗎？正當黃木村感到疑惑，突然壁虎啼聲大作，幾乎就在盲劍客拔刀的同一瞬間，他清楚地看到父親縐巴巴的青花連襟睡袍下襬，露出一截像猿猴一樣的黃尾巴來。

不過，就像劍光這麼一閃即逝，父親似乎亦警覺到周圍空氣的變化，尾巴倏地又縮進衣襬裡，一點也不動聲色。兩隻澳洲浣熊般無辜的眼睛依然注視著電視，好像什麼事都不曾發生過。

幕府爪牙們的屍骸早已七零八落地倒臥在血泊中。黃木村對於盲劍客的手風之出乎意外的順利而感到不滿。當然，這樣的不滿，不光是針對那群嘍囉們劍法太差勁的問題而已，到現在仍舊裝著一副若無其事的父親，多少也有份吧。

「又不是三歲的小孩，以為這樣隨便敷衍一下，就可以蒙混過去了嗎？」黃木村心裡嘀咕著，「實在太開玩笑了吧！」

表現在臉上的不悅表情，父親多少也感覺到了吧。老頭子仰著罐頭荔枝般渾圓的頭殼，目不轉睛地盯著空氣中的某處，好像在等待蚊子飛過的，一隻青蛙的神情。

尖銳的喉結在彈性疲乏的喉嚨裡，排除萬難地上下跳動了半晌，大概在尋找適當的時機，決心要給他們一個交代吧。看了這，黃木村才意識到父親對於要在晚輩的他們面前，大聲地說出自己「已經長出了黃尾巴」這種毫不顧顏面的話來，完全是迫於兒子咄咄逼人的態度所致。這麼一想，剛才對父親的強烈不滿之情，便漸漸地淡下去了；取而代之的，反而是愧疚的一種心情。

萬一父親真的坦白說出來，自己又當如何？——這一考慮，伴隨愧疚感而生的，說也奇怪，卻是一種莫名的恐懼。好比一個站在機艙門口的小傘兵，無助地望著幾千公尺的高空，黃木村多麼期待那非常的一刻，能無限期的延長下去。

偏偏父親老「嗝、嗝」地清著喉嚨，一副隨時就要開口和盤托出的樣子。

黃木村忐忑不安地看看妻子，希望有她目光的力量支持。但她卻像驢子般執拗地盯著電視機看，好像欣賞這種三流劇情也很能自得其樂的樣子。——從什麼時候起，她突然對這位怪里怪氣的日本浪人產生興趣呢？在他幹掉了三個蹩腳貨，還是在父親忙著藏尾巴的時候？這屋簷裡，不知怎地，每個人都各懷鬼胎似的；黃木村早先的不滿，帶著冷峻的輕蔑，又回到心中來了。於是，毫不加思索地，他以譏誚的口吻道：

「是嗎——有這種道理嗎？那麼多明眼人都打不過一個瞎子？」

父親和妻子不約而同地轉過頭，用難以置信的眼光注視著他。那神情簡直就像在科學博物館裡，隔著陳列櫥窗看一隻恐龍的模型似的。好吧、好吧，他也承認這的確不是一個討論嚴肅問題的好開場白。但誰教他們只顧裝腔作勢，卻悶不作聲呢。

「可見——」

終於，好像特地來解圍似的，父親說話了：

「不是隨便把眼睛閉上，就可以當好盲劍客。」

彷彿看穿了兒子老是在機艙口探頭探腦，卻始終鼓不起勇氣一跳的弱點。父親只說了這句話，就把頭轉回電視，再也不吭一聲。

然後，他們居然就把整部租來的片子看完，誰也沒有去提雨、盲人或什麼鬼尾巴的事。直到熄燈上床，黃木村才若有所失，彷彿喃喃自語地說：

「我們看到的，真是——尾巴，沒錯吧？」

「黃顏色的。」

黑暗中傳來妻子壓低的嗓音。

「父親為什麼要向我們隱瞞呢？」

「也許不想被生泡五加皮吧！」妻子說。

「生泡五加皮？」黃木村大吃一驚道：「妳到底在說什麼？」

「就是買一口大酒罈，外加五加皮三十六瓶——不過以父親那樣的身材……我看也許三十瓶就夠了。」妻子以唸食譜那般的口吻說著。「等整個人從頭到尾都浸泡好了，再抓幾帖人參、淮山藥、枸杞子配上。我大哥說如果放進幾顆帶殼的桂圓乾，隔年喝起來的味道會很棒，或許我們也可以試試。」

「那麼說，妳父親也——」

「關於我父親長尾巴的事——唉，現在回想起來，好像才發生在昨日呢！可事實上，都是在嫁你以前，像史前時代那樣遙遠的事了。」妻子像在回憶什麼似的說，「最初父親也是堅持只能在清燉或紅燒中讓子女們選擇。還說什麼既然要被吃掉，就痛痛快快地讓大家飽餐一頓吧之類賭氣的話。」

「結果呢？」

黃木村好奇地問。

「結果？結果家裡除了我，其他人像哥哥、嫂嫂們都是素食主義者。你說，就算再怎麼古板如我父親者，面對一群相信吃肉——我是說任何的肉類噢，包括自己父親的肉也算——對他們的心靈都有不良影響的親人們，終究也莫可奈何吧！」

——所以只好同意被泡成藥酒了。

黃木村在心中這樣替她結論著。

——不管是堅持自己的肉體，必須被兒子們大快朵頤後，才能死得心安理得的人也好，抑或，即便是棲身在充滿酒精和藥材氣味的大缸裡載沉載浮，像標本那樣也無所謂的人也好，對於遵循「到了長出黃尾巴來的時候，就要被兒子吃掉」的規矩，雖然和自己的求生欲望相違背，因而顯得有點不情願。然而，一旦顧慮到天羅地網般的社會規範，到頭來，還是不得不屈從吧。——剩下的，只是對「怎麼吃」無聊的計較罷了。不知怎地，他忽然想起了「黑洞」。在坐擁無數銀河系的宇宙某處，誰故意為我們設下，惡作劇似的，一個漆黑得像胃腸底洞。

「就是不曉得父親的想法怎樣？有沒有自己屬意的烹調法？萬一

堅持要像他最愛吃的生魚片那樣——」

儘管黑暗中，看不清妻子說話的臉，但是從聲調中，仍可以聽出隱約的不安。

「難道，非得千方百計地吃掉不可嗎？」

「總不能不顧禮數，放任他像猴子一樣，把家裡當作動物園似的，到處盪來盪去吧？」妻子說。

這樣的說法，似乎哪裡不太對勁，但是，又好像很有道理的樣子。在律師事務所工作的妻子，每次總能說出令人無從反駁的話來。

黃木村不難想像一隻猴子，在37吋大畫面電視、高傳真立體音響組合、S-VHS錄影機、附自動造冰器的電冰箱、微波爐、果汁機、咖啡器等等，等等塞得滿滿的家裡，戲耍的後果……

一條尾巴對整個文明生活的破壞力！

黃木村瞪著天花板，喃喃地說：

「吃到肚子裡，就沒事了吧。」

「能躺在子女的胃裡，安然地被消化，一種什麼東西永遠持續下去的感覺，在父親來說，是謂幸福吧。」妻子說，「如果彼此對吃法，能達成協議的話。」

「真傷腦筋啊——我看，先找弟弟那傢伙商量一下吧。」

「也好，畢竟是家族的大事。」妻子邊打呵欠邊說，「明天我就幫你從事務所，拷貝幾份協議書回來，如果你弟弟對烹調的方式，沒有意見的話，就麻煩他在上頭簽個字。」

彷彿為了提醒他注意，妻子還特地湊近他的耳根，神祕兮兮地說：

「潘淑芳控告她大哥，私自將父親的生殖器，拿去泡XO的官司，到現在還沒了呢！」

為什麼這個世界總有各式各樣，光怪陸離，發生不完的糾紛呢？一直到聽見妻子發出節拍似的鼾聲，他還是想不出個所以然來。

就在全家為了請教有經驗的廚子，比較菜單的價格，閱讀「噬父禮儀百講」以及一些法律上的瑣事，忙得雞飛狗跳的當兒，老頭子倒像是唯一置身事外的人。他從巷口的錄影帶店，租了一大堆盲劍客系列的武士片，從最早阪東妻三郎主演的到現代的河原崎次郎版都有。長長的黃尾巴就吊在掛著羊齒植物的一根鋁秤上——恰好保持微妙的平衡姿勢——一個人靜靜地看著電視來消磨時間。

至於，他為什麼不再掩飾那條尾巴了呢？一來可能是真的長得實在太長了，就算要藏，也無處藏起吧；二來，黃木村想，很可能是由於他們發現黃尾巴後，隔幾天與父親的談話吧。

當時，他在晚餐用完，吃水果時對父親說：

「我想請『御廚』的王師傳來家裡，隆隆重重地將您製作成蜜汁叉燒！」

父親只是說：「這樣子啊！」

然後就沉默了。

到現在黃木村還搞不清楚，「這樣子啊！」這句話到底是什麼意思。究竟是覺得這個主意不錯呢，還是仍有待商榷？無論如何，從父親諱莫如深的臉，是再也讀不出個所以然來了。不過，從此以後，父親倒是不再費心地藏尾巴。

他像是個因自尊心受創而賭氣的頑童，拖著一條黃尾巴四處走動。他們才在廚房清理被他掃破的玻璃杯，馬上又聽見客廳走道傳來花盆落地的聲音。他好像隨時隨地都在試驗這個新長出來的玩意兒，而心浮氣躁的妻子則不斷質問黃木村，究竟和王大廚子約定的日子，能不能提前。直到他因企圖挺起胸膛，像未長尾巴前那樣走路，以致失去了平衡，差點撞進酒櫃後，才停止了所有的行走實驗。他們呢？總算也鬆了一口氣。

不過就在他放棄直立行走的同時，亦不再吃他們特地為他準備的栗子。說起栗子，由於那是黃尾巴——根據民間的一本偏方記載——的指定食物，所以他們還千辛萬苦地託人從大陸杭州買來特選的桂花栗子，足足有四十九斤，沙包一樣堆滿了整個廚房。但他成天只吃泡過人尿的紫苜蓿和胡蘿蔔，對於別的食物簡直不屑一顧。而且，像在進行某種機密任務似的，把自己鎖在臥房的時間也愈來愈長。有天，按妻子的描述，她實在忍不住，便從鑰匙孔窺探到底在搞什麼鬼，結果發現他在用烏醋擦尾巴，不，與其說擦，毋寧說把整條黃尾巴浸在烏醋瓶裡適當。

「可能在嘗試縮短尾巴的方法吧！」妻子笑著說。

可是兩三個禮拜過去，尾巴不但不見得縮短，反而看起來更長，像發過水而脹泡的麻繩似的，頹然地萎垂在地上。這時，他雖然也還不願吃栗子，不過倒不再堅持非吃紫苜蓿和胡蘿蔔不可，一度瀰漫家裡的尿餿味，才因而稍稍緩和。最後，可能是對縮短尾巴的念頭也絕望了吧，他又如同往常一般吃著蕃薯稀飯配豆腐乳，外加一小鍋滷得爛爛的豬頭肉。看了簡直教人困惑他到底是黃尾巴，還只是普通的老人。他總共調整了十三次看電視的座位，覺得還是把尾巴掛在那根鋁製的、本來吊著觀葉盆栽像秤一樣的棍子上最舒適。為此，他們只得再去買一盆羊齒植物，加在原來的金線蕨旁，來平衡他尾巴的重量。

「看吧！下一步他就要在空中盪鞦韆了！」妻子歇斯底里地嚷著。

黃木村亦不勝其煩地說：

「真該叫那個乖兒子來試試看！」

他指的當然是他的弟弟，那個只會得了便宜又賣乖的傢伙。黃木村一想到不久前的那次聚餐，就恨得牙癢癢的。

那是在離伊通公園不遠的一家德國餐館，當時他點了培根牛肝腸，弟弟點了鹽水豬腳。

「你應該試試他們的豬腳。」弟弟說。

主菜送上來之前，兩個人一直喝著大杯的黑啤酒。濃濃的泡沫沾在弟弟的唇髭上。他從什麼時候留起鬍子的，黃木村一點印象都沒有。難道，這是現在要當保險公司幹部的新規定嗎？黃木村心裡想著，不過嘴巴什麼話都沒說。

「怎樣？捷運工程的進度還順利吧？報紙上老是罵……」

弟弟滿不在乎地說著，又呷了一口啤酒。

預算、勞力、砂石樣樣缺，怎能要求——算啦，為什麼要向你解釋呢？黃木村想，這個幸災樂禍的傢伙！

「父親的事，聽說了嗎？」

他以身為兄長的嚴肅口氣，直截了當地問。

「父親？發生了什麼事嗎？」

「長出了黃——」

黃木村等侍者將生菜沙拉端上，添完水，離去後才低聲繼續說道：

「長出黃尾巴啦！」

「哦！」

弟弟言不由衷地嘆一聲，一面鏟了一大口蔬菜到嘴裡嚼著。那副德性就像一頭餓了一整個冬天的山羊。

「該來的，總是要來！」菜葉嚥下去後，他說。

「怎麼料理父親的——呃，你知道我的意思吧？今天就是想和你商量……」

「商量？你和大嫂大概早就決定好了吧！」

如果現在手中有一把剃刀的話，黃木村想，他一定毫不猶疑地把他的鬍子——不，最好連他的喉管，也一起割掉。

但他還是耐住性子說：「我們是請教過許多人！你大嫂呢，她是主張泡成藥酒，因為怕肉一時吃不完壞掉，對父親不敬。但我想，你我兩家都沒有喝藥酒的習慣，那麼一大缸東西不知要放多久，就算啦。也有不少人建議製作成肉鬆，既下飯又容易保存，主意雖不壞，但感覺太寒酸了點。想來想去，還是請師傅來家裡辦桌，不但體面嘛氣氛也比較莊重。時間就定在中秋那夜，全家團圓嘛，當然，如果你有不同的意見……」

「父親怎麼說？」

「他還不大願意讓人知道，自己長出了尾巴。」

「這是可以理解的。」弟弟傲慢地說，彷彿他才是這世界上唯一了解父親的人。「大哥難道不覺得，所有事情好像都是從我們的角度來考量，才會讓他變成這樣子的嗎？」

這時培根肝腸和鹽水豬腳都上桌了。起初弟弟還以優雅的身段拿刀弄叉，煞有其事一番，後來乾脆就把整塊蹄膀抓起來啃，舌齒兼上，淋漓滿桌。瞧他的吃相！這傢伙也會如此大嚼父親的肉吧！這樣一想，剩下的半盤肝腸，無論如何是沒有胃口了，於是他又要了一杯啤酒，一邊觀看來往的人群，一邊慢慢啜著。

弟弟抬頭瞧了他一眼，沒有說話，又繼續刮喳刮喳地啃他的骨頭。

「喂！怎麼不吃啦？」弟弟把骨頭啃完後說。

「吃不下！」他回答。

「不合胃口是嗎？看來，是不會要打算把可憐的父親，灌成愚蠢的香腸！」

「有沒有人告訴過你，那嘴鬍子很難看！」

這就是他們當天最後的談話。

黃木村並不是忘記協議書的事情，只是氣憤之餘把它撕了。但妻子頗不諒解。

「你甚至都沒有拿出來給他看呢！」妻子說。

為此，他們還大吵一架。

所幸他們有生以來最糟糕的夏天，不但快過去，而且黃尾巴除了偶爾忍不住會吊在鋁秤上晃晃外，倒也不再惹什麼麻煩。雖然他依舊不喜歡吃栗子，不過這也沒什麼關係，因為黃木村和妻子都不知不覺吃上癮了，每天非來上個幾兩烤栗子配鐵觀音不過癮。從開春到現在，轉眼間四十九斤的栗子也沒剩幾顆了。

「菊花已經開了！」

白露過後的第二天，妻子這樣愉快地說著。

在等待黃尾巴生命中，最後的中秋夜來臨這段期間，他們可以很明顯地感覺到他更衰老，對周遭更冷漠。雖然電視機還是整天開著，但是閃爍在他那隻古老眼睛裡的，彷彿不是螢光幕，而是記憶。他是不是得了早發性癡呆症？他還知不知道人類的語言？要不是適時發生一件小插曲，讓他以暴怒來回答大家的疑惑，他們還以為他只是一隻喜歡凝望五樓窗外那根電線桿的猿猴。

事情是這樣的：由於他連蕃薯粥都不大愛吃了，而且對於特別為他訂做的木器食具，好像也帶敵意似的，於是他們想也許是到了該改變菜單的時候了，偏偏這時栗子都已經吃完，所以妻子便從超市買回來一大串香蕉。平時他們也經常買香蕉作為水果吃的，這本來沒有什麼，但當天晚上，他們把香蕉放在他的盤子裡作為晚餐——他先是漲紅了臉，用任何人都不好意思再轉述的髒話大聲咆哮，然後瘋也似的狂舞胳臂，直到把桌上的杯盤菜餚掃得瘡痍滿目後，他才轉過身，眼角噙滿淚水，拖著破布一樣長長的黃尾巴，一步一步，似爬非爬地離開。

他眺望窗外的時間更長了。沒有人會否認如果他夠輕的話，一定會希望像風箏那樣地飛走！事實上，這在社會新聞版上，也不是什麼稀奇的話題，只不過是存有這種幻想的黃尾巴們，都摔死罷了。但黃木村他們不想冒險，所以找來鐵架工人，把陽臺的護手加高。等秋分那天完成後，醜陋的鐵柵欄幾乎和外頭的電線桿一樣高。

「沒有人爬得出去了。」工人得意洋洋地向他們保證說，「除非長了翅膀！」

但他們忘了他是有尾巴的啊！

等到他們發覺他失蹤了，已經是中秋節當天中午的事。一早妻子去美容院燙頭髮，而黃木村則去和廚子核對最後的細節，並禮貌性地打邀請電話給弟弟一家。

「天氣預報說今晚好天氣，適合賞月！」弟弟頗為愉悅地說。

接著，他又以極不尋常的溫暖口氣道：

「大哥！辛苦啦！」

可惜黃木村的好心情只保持到中午，等他搭電梯到五樓，妻子六神無主的臉早迎在門口……

起先，他們查遍家裡大大小小各個角落，甚至懷疑是否被抽水馬桶沖到下水道去。後來他們就到街上去找，剛開始的時候還像心焦的、拿著棍子的母親，漸漸地就變成含著怨氣的尋仇者。其間，錄影帶店老闆大肚柯桑看見他們，還熱情地拉住黃木村的手說，又有一支新的盲劍客片子進來，問他們要看否，弄得兩個人哭笑不得。

到了最後，他們筋疲力竭地走回公寓，從街頭這邊望向對面五樓的家，他們恍然大悟，原來那面新搭的鐵欄杆，離電線桿是多麼的近啊！

從此以後，在大羊齒和金線蕨傘張的綠葉底下，他們和平地生活著。——可以這麼描述吧，當事情過去了許久許久之後的今天。黃木村榮升了總工程師的職位，而妻子則成了那個律師事務所的實際負責人之一，去年的春天，更在親友的祝福聲中，順利地產下一個男嬰，除了因高齡生產帶來的種種體力不適外，一切皆如預期中的圓滿，甚至嬰兒注視奶瓶的表情，如弟弟那傢伙形容的，有著當年父親一個人靜靜瞧著電視螢幕時的專注和從容。

至於黃尾巴，那該是白日夢一般，日常生活編織出來的，大大小小數不清的幌子中的一種吧。然而，每當他們望向鐵柵欄外的青天，卻似乎總看到一隻斷了線的風箏在飛翔。尤其是黃木村，確實在那瞬間，覺得手中緊緊握著剩下的半截線……不知什麼時候從他手中溜走的風箏，直到數年後的這個中秋夜，仍刺痛著他的心。

在月亮爬升到電線桿高的時候，他們忽然接到派出所的電話，說是有對賞月的情侶，發現了疑似他父親的遺物，希望他們能去辨識。

等黃木村匆匆趕到現場時，巡警和法醫已經等候多時。那是在近郊一座祠堂的園子裡，不論屋瓦、窗櫺或者石階，說也奇怪，都有似曾相識的感覺，甚至連那隻停在朱漆剝落的廊柱上的壁虎，都很面善。

他看見那襲雖已碎成條狀，但仍可分辨出有青花布樣的睡袍，於是，他朝他們點點頭。

「請節哀！」

戴著白手套的巡警，在將裝著骸骨的麻布包交給他時說。

他微微頷首答禮。

捧著父親遺骨的黃木村，為著命運不可思議的重量，兀自顫驚著。

壁虎倏地一聲長啼。彷彿為了跌破三家電視臺氣象預報員的眼鏡似的，天空竟下起了傾盆大雨。

雨中的黃木村正側耳傾聽著什麼，雨水沿著他的頭髮，淅瀝淅瀝掉落在腳旁的泥窪中。

Foreign Rain

滿頭灰髮，高高瘦瘦的德國燈光師Jorg一邊跟我聊著他如何在漫天飛沙的撒哈拉沙漠架反光板，一邊慢條斯理地捲著煙草。「你抽菸嗎？」他遞給我一支剛捲好，細得像老鼠尾巴的菸給我。

我笑著搖搖頭。

「不抽菸是好的。」他說，「我曾經戒了將近十年，直到三年前在曼谷拍片，才又開始抽。」他深深地吸了一口菸，我邊喝啤酒，邊看著煙霧從他兩顆門牙間的黑縫中，緩緩飄出來。Jorg的眼眶凹陷，鼻子很尖，助理阿竹形容他像電影《卡里加利博士的小屋》的人物。在昏黃燈光下，被一團煙霧包圍的他，果然有幾分這樣的味道。

「都是因為foreign rain，」他嘆口氣說，「薄荷的foreign rain啊！」

我原以為foreign rain指的是曼谷的雨季，後來才知道那是泰國一種帶著薄荷味道的菸的品牌。「名字倒還取的頗詩意的。」我說。

「可不是嗎？」他點頭同意，「在我離開曼谷前一晚，逛夜市時發現的。當時的我已經戒菸十年了，我並不想抽，但是我喜歡foreign rain這個名字，所以買了一打，想帶回漢堡送給我女朋友。」

Jorg的女朋友？——黑色的長髮、濃濃的眉毛、大大的眼睛？長得像在默片裡，一受到驚嚇，就會歇斯底里昏倒的女主角嗎？我忍不住這樣胡思亂想。

「回到漢堡沒多久，我們就分手了。」Jorg苦笑道，「一打的

foreign rain都還來不及送出去呢。」說完，Jorg低下頭去，對著即將燃盡的捲菸，似乎想要再說什麼，我等了許久，但他終究沒有開口。

「所以，」我說，「你自己把一打的foreign rain抽完。」

Jorg看著我，過了好一陣子後才說話。「沒錯，我自己把一打的foreign rain抽完。而且也不打算再戒了。」說完，他露出有黑縫的門牙笑了。

之後，他又和我聊到圭亞那的土著女人和恆河划舢舨的老頭。但不知道為什麼，直到我起身到洗手間小便，腦子裡都是他那句「都是因為foreign rain，薄荷的foreign rain啊！」

【旅人之星】MS1064

故事派

作　　者❖李啓源
封面設計❖蔡南昇
內頁排版❖張彩梅
總 編 輯❖郭寶秀
特約編輯❖賴雯琪
行銷業務❖力宏勳、許芷瑀

發 行 人❖凃玉雲
出　　版❖馬可孛羅文化
10483台北市民生東路2段141號5樓
電話：886-2-2500-7696
發　　行❖英屬蓋曼群島商家庭傳媒股份有限公司城邦分公司
10483台北市民生東路二段141號11樓
客服專線：886-2-2500-7718；2500-7719
24小時傳真專線：886-2-2500-1990；2500-1991
服務時間：週一至週五09:30~12:00；13:30~17:00
讀者服務信箱：service@readingclub.com.tw
劃撥帳號：19863813　戶名：書虫股份有限公司
香港發行所❖城邦（香港）出版集團有限公司
香港灣仔駱克道193號東超商業中心1樓
電話：+852-2508-6231　傳真：+852-2578-9337
馬新發行所❖城邦（馬新）出版集團【Cite (M) Sdn. Bhd.】
41-3, Jalan Radin Anum, Bandar Baru Sri Petaling,
57000 Kuala Lumpur, Malaysia.
電話：+603-9056-3833　傳真：+603-9057-6622
讀者服務信箱：services@cite.my
輸出印刷❖前進彩藝有限公司
初版一刷❖2019年7月
定　　價❖320元

ISBN：978-957-8759-70-1（平裝）

國家圖書館出版品預行編目（CIP）資料

故事派／李啓源著. -- 初版. -- 臺北市：馬可孛羅文化出版：家庭傳媒城邦分公司發行, 2019.07
　面；　公分. --（旅人之星；64）
ISBN 978-957-8759-70-1（平裝）

848.6　　108006455